JN105469

短歌五万首到達と
得られた知見

坂本　峰月
SAKAMOTO Hogatsu

文芸社

まえがき

　現存最古（西暦759年から約350年間）の万葉集は4,516首（全20巻）、西暦900年初頭の古今和歌集は約1,100首（全20巻）、西暦1200年初頭の新古今和歌集は約1,980首（全20巻）である。

　明治初期生まれの歌人 与謝野晶子（1878（M11）－1942年）は、歌集と拾遺あわせて25,232首を印刷物で残しているが、一説には、四万首ともいわれ、これに触発されて五万首を目指すこととした。

　歌詠子 坂本峰月は、1945（S20）年の生まれで、短歌をライフワークの1つに設定したが、後述するように中学2年の秋、号（峰月）を自らが決めた時が、この端緒である。また、歌詠は「短歌を詠む」の意、歌詠子は「歌人の域には達せない幼稚な子」で、ともに自作の造語である。週1回のNHK短歌を聴き、A新聞のA歌壇を欠かさず読んでいるが、短歌のルールを度外視し、例えば、①促音・拗音・長音の字数の数え方、②字余りも2～3回推敲して、31字以内にできない場合は、そのままにするなど、今も歌詠子の域を突破できていない。この歌集のタイトルの「万歌集」は、まず1万首を達成するとの願いを込めて「万」を冠したが、前述の万葉集の「万」に抗したものではない。

3

2008（H20）年3月31日に38年間勤務した職場を退職し、万歌集についてはテレビの視聴のみ、新聞の読み流しをするだけでは勿体ないと考え、まず、①本編は月ごとの時系列とし、②各編は、①の本編を取捨選択して12の分野に区分した。1首で2、3の分野に該当する場合もあり、分厚くなる。この作業は、月末ごとに仕分けしたものを年末に取りまとめ、新年に入りコピーし、近くの印刷所に製本を依頼して、14年を経過した。

　各編の12分野のうち3分野（新聞・テレビ・読後感）が、約40％を占め、著作権法などに問題がないか、前2者について確認した。新聞はA新聞本社の担当者に確認したが「事例が分かるよう、メールでの送付依頼」があり、「新聞の社説などの記事を短歌にするとは稀であるが、多少の主観が入っても問題はない」と電話にて確認した。テレビはNHKで、視点・論点（10分）、名曲アルバム（5分）などで、電話で確認したところ、問題はないとのことであった。が、両方とも「万歌集」の中で出所などを明示することになった（以下同様）。読後感は、近くの図書館などから205冊を選定し、これらの目次には章→節→項があり、「項」を短歌の対象とした。また、海外はODA（政府開発援助）の調査で、22カ国訪問し、うち9カ国で1,102首を歌詠した。

　当面の目標であった4万首は2019（R01）年11月15日に達成した。1万首を超えるごとに壁があったが、これを乗り越

えると、さらなる挑戦への気持ちが高まり、次の目標を5万首とした。現在は6万首を目指している。

　高齢者にとっては、①ボケ防止（忘れる以上に、詰め込む）、②ストレス解消は、2021年4月6日から、峰月苦言：デカルトの言葉を「我思う、故に苦言あり」にし、導入した。
　その後、2022(R04)年1月7日朝刊のA新聞の声に投稿された「言論の自由とは、批判の自由」や同年2月27日朝刊の「日曜に想（おも）う」の「愛され続ける　ある典型的な英国官僚」で「英国では、チャカされる側の政治家も怒らないのがルール」とあった。また同年3月24日朝刊「耕論」には、批判される権力批判と題して、3名の論者が、①変わらぬなら波風立てず、②様々な指摘こそ社会の礎、③空気読み政権のポチに、の掲載があった。そこで短歌はオブラートに包みながら、昨今の忖度や誤魔化しの政治風土を変える手法として、批判的短歌を主眼とした。オンブズ活動、長年温めてきた著作やCD制作のほか、中高大院の入学試験や公務員採用試験などの受験対策、生涯7カ国語の学習方法、漢字・ローマ字・スペイン語（和西と西和）による農牧林技術用語集（用語数は約13,000）の編集・出版、さらに四字漢字語彙（語彙数は約12,700）などの経験が、歌詠に直接・間接に連動していることが分かった。

　特に、海外では、短歌の歴史や内容を説明し、現地人や大

使館の方々から大きな関心が得られた。今後、海外からの留学生や実習生らを対象に大きな伸び代が期待できることも実感した。海外の現地語による短歌を想定し、外国語の多くは、左から右への横書き（アラビア語は右から左への横書きで、数字や数式は左から右への横書き）にならい、縦書きではなく、横書きとした。関係する法人や協会などの方々に、これからの短歌の在り方を含めて、新短歌について提案する。

　なお、短歌の数行に及ぶ詞書については、電子辞書（広辞苑 第六版SEIKO）およびインターネットなどを利活用し、読者諸氏の参考に供するために詳述した。文中、短歌、詞書の漢字の後などに（ひらがな）表記がある場合は、読みやすいように（　）に平仮名を追加した。

　また、文中の空間を利用して〘閑話休題……〙を挿入した。

　さらに、来年1月開始予定のNHK大河ドラマ「光る君へ」を前にして、本年末には「短歌への誘（いざな）いやブーム」が予想される。さらに、海外における短歌の取り組みについては、関係法人や歌壇などの企画や普及に期待する。

目　次

第1章　誕生日と名前の由来

1-1　誕生日

　1945（S20）年11月15日に誕生した。この日が「坂本龍馬と同じ誕生日（110年前の1835（天保6）年11月15日）である」ことを中学時に図書館の書物で知り、その後は龍馬を敬愛し、少しでもあやかりたくて、勉学に励んだが、後述するように農作業の手伝いの合間に、寸暇を惜しんだ勉学であった。

　龍馬は1867（慶応3）年の誕生日と同じ11月15日に暗殺された（享年33歳）。その後は、龍馬の名のつく本を図書館より借り、または購入した。長男の卒業旅行に家族で、高知市を訪れ、高知での彼の足跡をたどり、今も龍馬の名前入りの茶碗を愛用している。現在、私は78歳で、龍馬の2.4倍の馬齢を重ねてきたことになる。

　実家は代々の農家で、当時は、「産めよ、増やせよ」の時代、4男3女で、兄2人、姉2人、本人（三男坊）、弟1人、妹1人の5番目で、6人の兄姉弟妹に挟まれて成長した（戸籍上は6男3女で、うち2人は夭折のため自身は四男坊）。

1-2　名前の由来と海外業務

　坂本<u>宣</u><u>美</u>（のぶよし）の由来は、宣（のぶ）がポツダム宣言の<u>宣</u>（宣言の年に誕生）で、美（よし）は戦争で荒廃した国土を<u>美</u>しくする仕事に従事する人間になれるように、<u>宣美</u>と命名し

たと父は言った。この宣言はドイツ国ポツダムにおいて米中英(後でソ連参加)が、1945(S20)年7月26日に共同宣言を発布し、日本は8月14日に受諾して、翌15日に戦争は終結した。

　後述するように、就職して国内業務に14年間従事したが、その終わり頃には、日本は戦後復興の最終段階にあり、名前の由来に反し「国内業務から海外業務に」切り替えた。海外業務の内容は、政府開発援助(ODA)の調査で、22カ国に対して24年間に成田空港を52回出国し、機中泊を含めた海外滞在日数は4,618日(約12.6カ年)、うち単身は9.5年で、3.1年は家族同伴であった。ODA調査は、日本からみて遠距離の国々が多く、22カ国中でアフリカや南米が12カ国に及び、飛行機で赤道上を延べ約10周したことになる。

　使用した言語は、スペイン語・中国語・フランス語・英語など6カ国語で、詳細は別紙3211(p38)に示している。また、長距離飛行と回数により、職場での健康診断で、エコノミック症候群による下肢血栓症の疑いを指摘され、その後の経過は、後述のとおりである。

〔閑話休題〕:ここでは、家族の一員でもある犬と猫について、1952(S27)年から約10年間の記憶をたぐりながら記述する。

　大型犬のグレート・ピレニーズ系の「ポチ」は、賢く優しかった。昼間は屋敷内の監視、夜は少しの物音にも敏感に反応し、家人と判明すると尻尾を大きく振って迎えた。長兄か

らは、「給餌や食事は、牛や豚などの家畜が一番目、家族や犬猫が二番目、ペットが三番目に準備するように」と教えられた。特に二番目の犬猫は、猫が先で「待て」というと猫が終わるまで、ポチは猫の側で腰を下ろし、前足を立てて待った。

　ある朝、「ポチが死んだ」と言われた。当時の納屋の屋根は、茅葺きで大量の竹が必要で、庭に竹の束（たば）が積んであった。束の先は束ねず解放されていたために、暗闇の中で首輪に竹の先が入り込み、もがいて前へ進むと、徐々に竹の束（たば）も太くなり、首が絞まり窒息死した（後ずさりする習性はなし）。犬の墓は、当家の墓地の片隅に設けられた。

　猫は三毛猫で「ツマ」といい、よくネズミを捕った。自分の座り机の下で食べていた。夏は暑いので、自分の掛け布団の上の凹みに寝て、足の部分が重いと感じた。寒くなると掛け布団と敷き布団の隙間から中に入り、コタツのような暖かさをくれた。ある寒い雨の夜、濡れた毛と泥にまみれた足で、ツマが入り込むのが分かり、捕まえて汚れた足を猫の鼻に押し付けたところ、座り机の下に行き、綺麗に足と濡れ毛を舐めていた。そして、いつの間にか、もぐり込んでいた。こんな朝は、敷き布団がザラザラし、戸外に母が干した。跡取りには黒猫がいたが、ネズミも捕らず、カマドの中で、灰まみれになっていた。猫は死期が近くなると、子猫を生んだ場所などで、人に知らせず亡くなった。』

第2章　短歌への誘(いざな)い

2-1　小学時の思い出
2-1-1　母からの叱咤激励

　小学2年の1学期の通知表を母に見せた時、母は「坂本の家に、こんなできの悪い子が、何故できたのか、分からない」ときつい言葉を発した。その時「成績は中の中だ」と思っていたので、聞き流した。

　この叱咤激励は、父が残した遺稿集(1982(S57)年3月)にあった。父は誕生後、医師に「余命2年」といわれ、それから祖父母は「気を使い、大事に」育て、結果的には75歳まで生き、生涯を閉じた。

　旧制中学(現在のN県立Y高校)のことは、何度も聞いていたが、この遺稿集の巻末には、2枚の葉書のコピーがあった。1つは、五高文科への合格を官報で知り、入学を祝うもので、他の1枚は、友人から合格の知らせを聞いたが、「本当ですか」の問い合わせの葉書であった(前者のみ別紙2111、p15)。当時の農業の収入では、学費や当地での生活費がまかなえず、祖父母は苦渋の選択をして、父の進学を断念させた。

　その後、父はH税務署に勤務したが、祖父が急逝したために、実家に戻り、T町役場に勤務した。そして、教育長、

別紙2111　親友から父への五高文科合格祝いの葉書

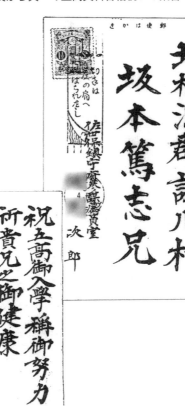

助役、4町合併でM市になった後は市議1期・名誉職を多数こなした。この間、父は風邪を引くことが多く、寝床には火鉢が、痰壺(たんつぼ)代わりに置かれていた。幾つかの名誉職を減らしながら、農業にシフトしてからは、体力が向上して不要となった。この火鉢は父の形見として、30年前に母の許しを得てもらい受け、現在も書斎にある。

　もう1つの形見は、曾祖母の手作りの絹織物の着物(裏地は市販の綿布)で、紬(つむぎ)といわれ、手触りからも貴重な品である。男物の和服であったため、母から形見として帰省時にいただいた。曾祖母が自ら桑の木を植え、蚕を飼い、糸紡ぎして染め、布を織ったもので、これに必要な手織機(ておりばた)や糸車、糸巻きなど種々の道具が、旧母屋の縁側に残されていた。桑の木は毎年、多くの実をつけ、おやつ代わりにいただいた。

　前述の母の叱咤激励は、丁度、父が教育長を勤めていた時期と符号し、「さらに上位にとの母の願いでもあった」と記憶している。

2-1-2　小4年の夏から小学卒業へ

　T中学校で生徒会長(S県の高校では弁論部で生徒会長)の次兄が、夏休みを利用して、自分の苦手な科目のために、家庭教師となってくれ、学習を開始した。その方法は、板張りの廊下に平机(ひらづくえ)を置き、正座して約30分間、前

日の復習から開始するものであった。苦手の科目も、日を重ねるごとに解消した。次兄との二人三脚は、この夏休みだけであった。

　夏休み明けから2学期が始まり、勉強への理解度が高まった。当時は、クラスの中でも家で勉強をする仲間は少なく、この学期末には、学芸会の劇の主役となり、50程の台詞を暗記した。学年末にはクラスで1位となった。

　小5と小6での学芸会では劇で主役を務め、台詞は100と150に増加し、勉強はクラス1位から全3組で1位となった。知能検査では、広辞苑第6版によると知能指数IQは、「知能検査で測られた精神年齢を生活年齢で割り、それに100を掛けたもので、100が平均」とあり、自分は124と担任より知らされた。前述の小4時の夏休みの次兄との学習や、学芸会の劇の台詞の暗記により、IQが向上したものと思われる。カナダのトロント大学の研究では、「音楽に取り組むとIQが高くなる」との発表もあるが、音楽には縁がなかった。

2-2　模擬試験とライフワーク
2-2-1　中二の模擬試験

　中学2年の夏休み明けに、教務担当のF先生に呼び出された。当時、自分は生徒会長に選ばれ、生徒会担当のH先生からは、幾度も呼び出されていたので、何事かと思いながら応接室で面談した。先に受けた模擬試験の通知が届き、「25,000余人中、63番となっている。この調子で、頑張りな

さい」といわれた。さらに「これから先、何かライフワーク
となるものを探し、実行することで人生がより充実する」と
勧められた。模擬試験のことは、誰にも話していなかったが、
当時、父はT中学校のPTA会長であったため、O校長から
聞いたらしく「大学はできるところまで行ってよい」といわ
れた。前述の遺稿集で知ったことであるが、「旧制五高への
入学辞退を余儀なくされた父の心からの励ましだった」と理
解した。

2-2-2　ライフワークは短歌に

　その頃、国語の授業で、万葉集の数首を学んでいたことも
あり、短歌をライフワークの1つに選んだ。号「峰月（ほう
がつ）」は、中2の短歌作成時に「峰にかかる満月」を実家
から東方の石盛山（標高425m）の上に見た。寒い夜、澄みわ
たった峰に満月が、我が心を清楚で、無垢の世界に誘ってく
れ、峰月を号とした。爾来、60有余年の間、「峰月」を想い
出すたびに、この新鮮な気持ちを、いつも想起した。

　短歌の準備手帳は、27冊を超えた。これらの手帳などで
使い切ったボールペンは50本以上となった。インターネッ
トで「手書きとパソコン入力が脳に与える差異について」検
索したところ、①漢字を手書きしなくなるとその能力を失っ
ていく、②言語は刺激を与えるが、「入力に依存し過ぎると、
脳の機能に悪影響が出る」とあった。準備手帳は全て手書き
なので、プラ・マイ・ゼロで50％ずつと解釈し、手書き後、

入力を繰り返した。

2-2-3　農作業の見習い

　農作業は長兄と母が主となり、農繁期には中学から高校まで野良仕事を手伝い、疲れもあり、学業が疎かになった。体力も体格も、徐々に大きくなり、母や長兄の背中を見ながら、いつの間にか農作業を見習い始めていた。

　中間試験や期末試験は、土日を挟んであり、当時の土曜日は午前にも授業があって、帰宅後に午後の手伝い、日曜日は午前中を手伝い、午後は野良に出て、途中でこっそり逃げ帰り、隠していた教科書やノートなどで勉強した。軟式庭球部に所属していたが、農繁期など遅く帰宅すると別の仕事が待っていた。

　子どもたちで手分けして食事、風呂の水汲み、家畜の牛と豚への餌やりなどの家事を分担した。豚の飼育は大変だったが、子豚の販売金は子どもの学費にと両親が配慮したものであった。自分は夕食の担当が多かった。学校から帰ると書き置きがあり「鶏1羽」と月に1回ほどあった。まず、包丁を磨ぎ、放し飼いの鶏1羽を捕まえ、羽を取り除き、残った小さな毛を藁を燃やして、大皿に各部位を並べた。野良仕事から帰った母や姉が煮つけた。父の包丁捌きを横で、何度も見ていたため、見様見真似(みようみまね)で、2年後には上達し、長兄からは「宣(のぶ)には、嫁さんは必要なか」と、幾度となく茶化されたが、自分は「三国一の連れ添い」が欲し

19

いと思った。

　農作業の見習いは、慣れるまで体が疲労困憊し、短歌どころではなくなったが、元日の早朝には、近くの堂川(どうがわ)の湧き水を「若水」として2つのバケツに汲み取り、天秤棒で担ぎ家まで運んで、家族全員の洗面に供した(短歌については別紙2231、p21)。

　〘閑話休題：調理研究家を自認する者として、①自家用製パン歴40年は、アフリカのU国に出張中、国際電話を自宅にかけて、長男の大学入試の結果を家内に問うた。大学に合格したが、「試験中にストレスが貯まり、父の作ったパン」をもたせ、乗り切った、②包丁の切れ味は、砥石で研いだ後に台所にあるクレンザー(磨き粉)を砥石に垂らして研ぐと抜群な切れ味になる、③前掲の自家用製パンのほかに、毎年末の干し柿は、2008(H20)年から16年間で2,711個(年平均169個)、漬物類・おせち料理などの日本料理、南米料理、アフリカ料理にも挑戦、④薬草の効能は、「あとがき」に記述した。〙

2-3　高校から大学院へ
2-3-1　高校の3年間

　高校はS県下のI高、学年7クラス編成で、理数科を選択した。通学は朝6：30に家を出て、7：20発の汽車に乗り、25分後に下車、徒歩10分で学校への片道85分の通学には難儀した。乗車中の汽車の25分間に、英語辞書で下調べするこ

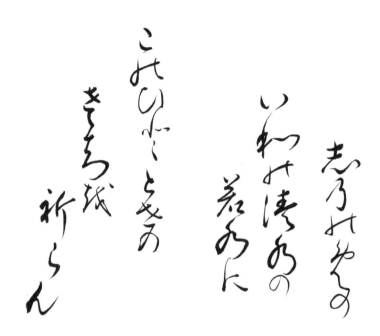

別紙2231　元日の早朝に汲む水「若水（わかみず）」の短歌
本編番号は0001「東雲の　岩の清水の　若水に　この1年の　幸を祈らん」
書は、亡義父の田村久之助（号は耕畔（こうはん）、以下同様）

とも、しばしばであった。

　高2時の体育祭前に、長距離の練習で血尿が出たため自重
し、12月の校内駅伝に備えて練習を開始した（血尿は2回）。
過激な長距離走で、栄養の摂取不足であることに気づき、で
きるだけ補給した。12月の校内駅伝は、県大会で優勝すれば、
京都の都大路を走る「全国高校駅伝競走大会」へと通じるも
ので、長距離走の高校生にとっては、憧れの舞台への挑戦で
もある。

　校内駅伝の練習に先立ち、学級委員長であった自分は、
チームの選手の健康のために、「皆さんのお小遣いの中から、
少しずつ出し合って飲み物や駄菓子などの御提供を」とお願
いした。女性の学級委員の方には、このチームの監督をお願
いし、手際よく万事にわたり仕切っていただいた。7名の走
者はチーム内で相談し、私が約10.5kmの「花の1区」を走
ることになった。大会当日、1区で折り返してから、バイク
に乗ったクリーニングのお姉さんが、「先頭を走っているあ
んたには、自転車の伴走者がおらんけん、応援する」といい、
「ここから市街地に入るけん、ここまで」、「あと少しじゃけ
ん、がんばって」と力強い応援をいただいた。

　おかげで1位、2区のランナーにタスキを渡した。最終7
区のN君も区間賞をとり、「我がチーム」が、全20チーム中、
1位で優勝した。クラスの皆さんからの栄養補給という御好
意に、恩返しができて嬉しかった。

　高3時も「花の1区」を任されたが、受験勉強などで体力

が落ちた結果が、如実にあらわれた。高校駅伝の監督(体育担当教師)から、「県大会の選手に」と誘われて、3回ほど練習に参加したが、前述の理由により、丁寧に辞退した。

　九州北部はミカン園造成がブームとなり、集落ではこの事業が3カ年計画で始まり、我が家は2.5haに1,700本を植えることになった。夏休みや冬休みには手伝った。植える場所は、おもに雑木林地で、雑木を切り枝を払って坪掘り地か、溝掘り地まで運び、肥料にするために埋め、その上に草や落葉などを被せ、苗木を植えつけることになる。木々の運搬は両肩で、血が出た。交互に使いながらも瘡蓋(かさぶた)が剥がれ、血が出たが、3回ほど繰り返すと血も出なくなり、瘡蓋部分が堅くなり頑丈になった。このような中での歌詠は困難であったが、正月には数首を歌詠した。

　学業成績は不調であった。中間試験や期末試験、それにS県内の模擬試験で、間違った部分は納得ゆくまで、担当教諭に質問して自分のものにできなかったが、受験生には来たるべき大学受験に自分のモノにすることをお勧めする。過去問が出ると儲けものとなるが、地理では現在も紛争中の地域は対象にならない。その理由は、入試時・採点時に国名などが変わることもあるからで、現在は南米やアフリカ南部などの出題の可能性が高い。語学は、中学から高校まで英語のみであったが、参考書は1冊にし、隅々まで暗記・習熟されたい。大学入試は失敗したが、浪人は許されず、高3年時のT先生に「ご期待に添えず残念です。捲土重来すべく頑張ります」

の葉書を出し、故郷を後にした。

2-3-2　大学の４年間

　山陰の松江にあるＳ県立農科大学に入学して、まず、大学院入試や公務員試験の計画を立てた。大学では、新たにドイツ語を選択し、外国語は英語と２カ国語の授業となった。１学年と２学年は教養課程、３学年と４学年が専門課程で、この合間をぬってドイツ語の学習に精を出した。「ドイツ語熟語100選」を購入して、まず、枠下の和訳を紙で隠し、上の枠内のドイツ語を和訳し、比較した。次は枠内を紙で隠し、和訳をドイツ語に翻訳した。これを３回繰り返すと、１字１句も間違わなくなった。

　次に、２学年時のドイツ語の講義では、ドイツの哲学者カントの「純粋理性批判」を教材に、100分授業の大半を「坂本君、訳したまえ」で、訳させて頂いた。この際は、予習もせず、辞書も引かず訳ができたことが不思議なくらいだった。

　さらに、読書量が不足していたので、大学の図書館を利用して年間100冊の読破を目標にした。読書の成果として、日本外政学会と毎日新聞社との共催の国連派遣論文コンテスト「国際連合20年の歩みと将来の展望」に応募し、奨学金賞受賞10,000円を頂いた。この賞金でドイツに「土壌学」の専門書を注文し、これも３回読んで自信をつけた（別紙2321、p25参照）。そして、当時は寮生活であったため、入賞したら寿司を食べようと約束していたので、10数名と会食し、祝っ

LEHRBUCH
DER BODENKUNDE

Von

Dr. Dr. h. c. Fritz Scheffer

o. Professor und Direktor des Agrikulturchem. und Bodenkundl. Instituts
der Universität Göttingen

und

Dr. Dr. h. c. Paul Schachtschabel

o. Professor und Direktor des Instituts für Bodenkunde
der Technischen Hochschule Hannover

Mit 114 Abbildungen und 84 Tabellen und einer Farbtafel

Sechste, umgearbeitete und erweiterte Auflage

1·9·6·6

FERDINAND ENKE VERLAG STUTTGART

別紙2321　ドイツより取り寄せた「土壌学教科書」（全488ページ）、
1965(S40)年価額で、35.5マルク(5,670円)

てもらった。

　『閑話休題：ここでは、牛の給餌の手伝いを記述する。高校
頃まで、雌牛は役牛や繁殖牛として大事に飼われていた。雄
牛は生後6カ月過ぎると肥育用として肥育農家に引き取られ
た。当時「坂本家の牛は痩せこけていたが、最近は丸々太っ
ている」とうわさが立ち、集落内では牛の繁殖農家が増えた。
実家には半地下サイロが2基が用意され、食いつきが良く
なった。雌牛は妊娠できなくなると、老廃牛となり肥育され
る。後ろ足の背骨の部分に凹みができ、卵が10個乗るほど
になると450kgとなった。』

　また、この土壌学と並行して、単位外の土壌学実験を農芸
化学科に頼み込み、夏休みに2週間の実習を許された。土壌
は、実家の温州みかん植栽地から6つの試料を長兄に送って
もらい、手引きに従い分析し、レポートは、提出用、実家用、
自分用の3通を手書きで作成した。後で大学院や公務員試験
のために成績票を取り寄せたところ、2単位が追加されてお
り、実験中に指導頂いた先生に感謝した。
　さらに、M市役所から平板測量の器具1式を借用して、
2.5haのミカン園を父と長兄の3人で測量した。長兄はこの
図面に苗木の位置を記入し、ミカン園の管理に前述の土壌分
析結果とともに使用した。
　大学院入試、国家公務員試験、地方公務員試験も、前述の

ように過去問が出るといわれる。過去問は各年次により異なり、平均点や偏差値が計算でき、経年的な比較もできるので好都合である。特に、大学院の語学試験は2カ国語で、和訳問題は最後の部分より少し前に難しい部分があり、これに引っかからないように、先に最後の部分を和訳し、最初からのつながりで、想定して、数行あけた部分に難しい部分の和訳を書き込む手法を取り、ピッタリと納まった。大学院の入試は、専門と語学の分野で1日、採点を経て、翌日の昼から主任教授による面接があった。面接では、「出来具合は、どうだった？」と聞かれ「まあまあでした」と答えたところ「この点数がまあまあか」と言われ、これで高校の恩師への「捲土重来の約束が果たせた」ことを覚えている。農作業などの1つ1つが、歌詠の対象に成り得ることが実感できたが、歌詠へ振り向ける時間がなく、全然進まなかった。

　卒業式には、答辞を読むことになり、文章を自書し、父に来てもらい、毛筆での清書を願った。次年度から国立S大学に移管・統合されるため、S県立農科大学は、最後の卒業式になる。当日は控室に招かれ、S県庁の来賓と面談した。先方から答辞文を読みたいとの所望があり、読み終わると「結構です」との言葉をいただいた。

2-3-3　大学院の２年間

　弟の下宿に潜り込んで、2カ年を過ごした。2人とも日本育英会などから無利子の奨学金を借り、不足する分は、アル

バイトで補填し、実家からの仕送りをできるだけ少なくした。実家のあるN県からも無利子の奨学金を借り、高校から大学院まで63万円（就職時の現在価格は約258万円）、完済までに30年を要した（脚注参照）。

　父は戦後の農地改革で農地が安く買い上げられたことを遺稿集に「農地改革を忘れまじ」と記した。戦時下では「産めよ、増やせよ」と喧伝し、終戦後はGHQ（連合国軍総司令部）の政策で、政府は農地改革を断行した。汗水を垂らして、広げた小作地を安値で買い叩かれ、当てにしていた子どもの教育費にも事欠き、7人の兄弟姉妹は進学を断念、または進学しても複数のアルバイトなど、塗炭の苦労をした。農地改革で解放農地を安く手に入れた市街地周辺の農家は、宅地などに転売し、土地成金になった話は、余りにも有名となった。

　修士論文のテーマは、実家のある九州北西部が第三紀層による地すべり地帯で「地すべりの基礎的な研究」と題した。6歳頃、近くで地すべりが発生し、1人で神社の石段に腰掛けて、すぐ下の県道と、さらにその下の様子を見ていた。炭鉱地帯でもあったため、坑内を支える松丸太を満載したトラックが偶然にも通りかかり、前輪は通過したが、後輪は段

(注)インターネットのスマートフォン版の年次報告より、1970年代からの統計はあるが、それ以前は見当たらないため、1969(S44)年の大学初任給34,100円／月は、現在価値として換算すると138,641年／月となっている。その比は4.066で奨学金の貸与総額634,500円に乗じると2,579,000円になる。

差がつき、運転手らが、松丸太を素早く段差に挿入し、通過していった。この時、実家の母屋の床下にも小さなひび割れが1本できた。小2時には、隣りのI町で鉄道線路を巻き込んだ地滑りも発生した(研究室から現地調査費をいただき、H島やI島でも調査)。少しでも、この論文が地すべり地帯のためになってほしいと願ったが、なかなか奥が深く、完成までには至らなかった。

　ある日、突然に脳の中のある部分が、急に明るくなり、その空間に「水が砂に染み込むように」記憶力が増加したが、わずか2週間程でなくなった。努力が足りなかったのだと反省した。これを何回も経験する人々や記憶力が持続する方々が、発明・発見などでノーベル賞を受賞し、世界を牽引する人になる例が多いという本を読んだことがある。これは「前に立ちふさがる壁を、完全に乗り越えた人のみが、会得できるものである」と確信した。受験生には、このような体験を目標達成につなげて欲しい。

〚閑話休題〛：ここでは、豚の給餌の手伝いを記述する。餌はサツマイモ・屑米(くずまい)・野菜くずなどを煮て、1日に2回与える。学校から帰ると、サツマイモを小さく切り、他のものを入れて煮て、冷ます。雌豚は生後8カ月頃に交配させ、子豚を年1～2回、1回に5～10頭の子豚を生む。生まれた子豚は、赤い体に真っ白なうぶ毛がはえ、10日ぐらいで、白くなる。母豚が授乳する際に、横倒しになるため、豚舎が

狭いと下敷きになり圧死するケースがある。

　生後3カ月頃に1頭の子豚が死んだ。学校から帰ると、「どこそこに、穴を掘って埋めよ」とのメモがあった。子豚はこの1匹を除いて皆、元気なのに食いつきが悪かった。どうも、回虫の多発が原因と思われた。メモの通り深さ70cmほどの長方形の穴を掘り、底に稲藁を敷き、ムシロに巻いた死体を横たえ、落ち葉をかぶせ、掘り上げた土で、こんもり埋め戻し、目印になるように、上には小さな石と石蕗(つわぶき)の株を植え、合掌した。子豚の販売代金は、学用品代などになったほか、我が家に自転車をもたらしてくれた。』

第3章　国内業務から海外業務へ

3-1　国内業務

3-1-1　就職直後の研修

　国家公務員上級職甲種の合格は2年間有効であり、修士課程終了後の1970(S45)年4月1日に「人間の食料生産の基盤（水田・畑・道路・用水など）は、国土開発の要の1つと確信」し、旧農林省所管の特殊法人Ｎ公団に就職した。その後、この特殊法人は度々名称を変更し、最終的には独立行政法人Ｍ機構などへと名称を変更した。就職時の研修は、主にＴ支所管内の秋田県、宮城県および岩手県を、約2週間かけた研修で、その余暇に歌詠し、公団だよりに20首ほど投稿した。その一部を紹介する（別紙3111、p33参照）ほか、6首を次に記載する（順番は本編番号順）。

歌詠第1首：京都から東京へ

本編番号0009　笹舟を　加茂の流れに　任せるも
　　　　　　　　　　行き路の澪を　誰か知るらん

歌詠第2首：岩手県平泉の中尊寺にて

本編番号0015　陸奥に　ますらおどもが　たけりけん
　　　　　　　　　　千歳の後も　金色の堂

歌詠第3首：宮城県薬萊(やくらい)の開畑現場で

本編番号0016　薬萊の　裾野に続く　荒れ地にも
　　　　　　　　牛の食む日が　遠くなくこむ

歌詠第4首：秋田県寒風山から八郎潟干拓を望む

本編番号0018　大潟も　黄金の色に　うずもてれ
　　　　　　　　驚きにけり　寒風の山

歌詠第5首：岩手県盛岡にて

本編番号0019　厳寒に　埋もれし木々の　中よりも
　　　　　　　　岩手の里に　山つつじ咲く

歌詠第6首：岩手県の田園風景

本編番号0020　早苗取り　かわずも鳴きて　皐月なり
　　　　　　　　されど岩手は　雪の山並み

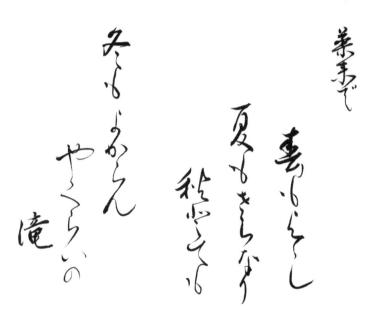

別紙3111　就職直後の研修地での歌詠
宮城県加美郡加美町の薬莱（やくらい）の滝
本編番号は0017　春もよし　夏もさらなり　秋とても　冬もよからん　薬莱の滝

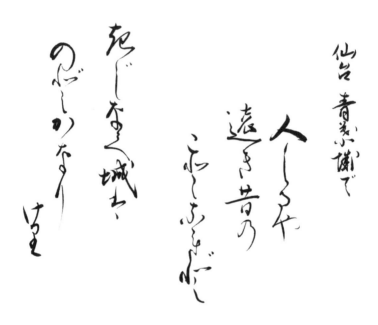

宮城県仙台市の青葉城で
本編番号は0021　人知るや　遠き昔の　ことなれど　雉鳴く城は　のどかなりけり

3-1-2 国内業務

　就職後の14年間は、国内業務の目玉であった北海道東部の「N区域新酪農村建設事業」の企画・実施・計画変更などを延べ9年9カ月間にわたり担当した。

　事業の目的は北海道N支庁管内の根室市、別海町および中標津町にまたがって所在する広大な未利用地、または低位利用地の開発を中心として、N区域の農業構造の改善を積極的に推進し、畜産物の安定的な供給に資するため、大規模な農畜産物の濃密生産団地の建設を行うもので、事業内容などは、次ページの表のとおりである。

　本事業は北海道第3期総合開発計画の代表的目標（新酪農村建設）として位置付けられており、表の最左欄の①から④までの4本柱からなり、農地の集団化を含めた基盤整備インフラから施設・機械までを一体的に計画・実施したものである。

　工事期間は当初から1.5年間の国営土地改良事業実施を含め、12年間（S47〜S58年度）で完了した。総事業費は935億円で、北海道は総事業費の一部を受益者を含む関係者に負担させる。負担金および譲渡対価の支払いは20年で、うち3年は据置期間である。

3-2　海外業務と語学対策

3-2-1　海外業務

　海外業務は、24年間のうち成田空港出国は52回で、地球

区　分	種　目	工　種	事　業　量	工　事　内　容
①基盤整備	農用地造成(*1)	農地造成(*1)	14,699ha	抜排根・土壤改良・耕起・砕土・播種
		施設用地造成	234ha	
		暗渠排水	3,461ha	吸水渠・補水渠・附帯明渠
		防災林	514ha	新植・植継・育成
	農業用用水	農業用用水	灌漑面積 68,500ha	頭首工2・揚水機場3・配水池12・除泥施設2・用水路905km
	農業用道路	農業用道路	3条 35km	7.5m(5.5m) アスファルト舗装
		主要幹線道路	12条 101km	7.5m(5.5m) アスファルト舗装
		幹線道路(*2)	50条 206km	7.0m(5.5m) 砂利等舗装
		支線道路	26条 32km	5.5m(4.5m) 砂利舗装
	農業用排水	明渠排水	4条 11km	ブロック護岸など
②農業用施設	経営基本施設	(*3)	272戸	畜舎・サイロ・農具庫ほか
	肉牛牧場		1カ所	畜舎・サイロ・農具庫ほか
	共同利用施設	食肉処理加工	1カ所	解体・加工・冷凍施設ほか
		共同利用機械		草地更新用機械施設ほか
③農業用機械	個別経営	(*4)	332戸	トラクター80PS級ほか
	肉牛牧場		1式	トラクター90PS級ほか
	共同利用		1式	バルククーラーほか
④農用地の集団化	交換分合		28,800ha	

(注) 出典：新酪農村建設 H区域事業概要(1983(S10)年10月)より作成
(1)農地造成の(*1)の14,699haは、入植が4,962ha、増反が9,737ha、(2)幹線道路の(*2)の砂利等舗装の等はアスファルト舗装で15条・72km を含む、(3)経営基本施設の272戸は、入植が94戸で、増反分は入植金額換算戸数178戸、(4)個別経営の332戸は、入植が94戸で、増反分は入植金額換算戸数238戸

を約10周し、海外滞在日数は4,618日（約12.6カ年）で、22カ国において政府開発援助（ODA）の調査に従事したが、民間企業が好まない遠隔地の南米やアフリカが多く、農業・農村開発、灌漑排水、貧困、環境など多岐にわたり、相手国政府の幹部をカウンターパートにして、日本の技術を現地に合うようにアレンジしつつ、調査手法や技術などを支援した。

　短歌は日誌風で、出国から毎日の出来事などを数行にまとめ、最後に短歌1首を添えたもので、メキシコ、エジプト、パラグアイ、ブルキナファソ、チリ、キューバ、エクアドル、エチオピア、ヨルダンの9カ国で1,102首を海外紀行（**5.4**参照、p179）にまとめた。これらは各年の万歌集に全てを挿入した。9カ国のうち数カ国では、短歌の歴史などを説明したが、興味を示す国と示さない国に分かれた。また、スペイン語国の後に、フランス語国を調査したが「スペイン語訛りのフランス語」と揶揄された。気にせず意思疎通を図った。別紙3211（p38）の表の略語などは、次のとおりである。①JICA：国際協力事業団、②OADA：海外農業開発協会、③OECF：海外経済協力基金、④国名の後の＊は万歌集の歌詠の9カ国、⑤回数欄の計61は、成田空港から出国数52と合致しないが、アフリカでは調査国が隣国で、日本大使館は複数国兼轄が多いため異なる、⑥区分欄は地域ごとに整理したため、各国の調査年次は時系列ではない。

別紙3211　海外業務の概要

区　分	国名：公用語	回数	日数	技術協力の概要
アジア	中国：中国語	7	229	JICA 開発調査(湘西南支山脈地区農牧業総合開発計画調査副団長 2 回) OADA 円借款案件(同上の開発調査の案件形成調査団長) 旧 OECF 経済調査(肥料工場の需給計画)ほか
	タイ：タイ語	1	13	農林水産省(熱帯林保全総合農業農村対策基礎調査)
	フィリピン：フィリピン語	5	51	旧 OECF 経済調査(カントリー・セクター調査) 旧 OECF 経済調査(セクター調査) 旧 OECF 経済調査(農地改革 1 回目) 旧 OECF 経済調査(農地改革 2 回目)ほか
	インドネシア：インドネシア語	2	33	旧 OECF 経済調査(カントリー・セクター調査) 旧 OECF 経済調査(セクター調査)
	パプアニューギニア：英語	1	9	旧 OECF 経済調査(セクター調査)
	ヨルダン＊：アラビア語	2	40	JICA イラク向け第三国研修(水管理・農民組織)
	シリア：アラビア語	1	5	JICA イラク向け第三国研修(農民組織)
中南米	メキシコ＊：スペイン語	4	256	JICA 開発調査(ハリスコ州海岸地域農村総合開発計画調査副団長 2 回) JICA 短期専門家(土壌・水保全計画) 農林水産省(海外農業開発技術情報整備調査団長)
	キューバ＊：スペイン語	1	29	JICA 短期専門家(稲作灌漑技術)
	パラグアイ＊：スペイン語	9	1,826	JICA 長期専門家(農牧省技術官房長 4 カ年)一時帰国 2 回＋1 ・第二次農業部門強化計画 1 億ドル(円借款：有償資金協力) ・ラ・コルメナ地区農村総合整備計画(11.5 億円：無償資金協力) JICA 開発調査(小規模農業強化計画調査副団長 3 回) 農林水産省(農地・土壌浸食防止対策実証調査：土壌保全 3 回)
	ブラジル：ポルトガル語	2	10	農林水産省(農地・土壌浸食防止対策実証調査：土壌保全)
	チリ＊：スペイン語	2	755	JICA 長期専門家(住民参加型農村環境保全計画(プロ技団長))
	エクアドル＊：スペイン語	1	10	農林水産省(地域資源利活用農業農村開発基礎調査団長)
ヨーロッパ	イタリア：イタリア語	1	10	農林水産省(国連食糧農業機関(FAO)情報収集調査団長)
アフリカ	エジプト＊：アラビア語	2	35	JICA 短期専門家(農民水利組織)
	エチオピア＊：アムハラ語	1	119	JICA 短期専門家(ウォーターハーベスティング)
	ウガンダ：英語	2	183	JICA 開発調査(中部農業総合開発計画調査副団長 2 回)
	ケニア：スワヒリ語	1	13	旧 OECF 経済調査(カントリー・セクター調査)
	ニジェール：フランス語	4	460	農林水産省(砂漠化防止基礎調査団長) 農林水産省(砂漠化防止対策技術開発調査団長) 農林水産省(砂漠化防止対策実証調査団長) JICA 開発調査(ティラベリー県砂漠化防止計画調査団長 2 回)
	コートジボワール：フランス語	3	12	農林水産省(砂漠化防止対策技術開発調査団長)＋日本大使館表敬 2 回
	マリ：フランス語	2	68	農林水産省(砂漠化防止基礎調査団長) 農林水産省(砂漠化防止対策技術開発調査団長)
	ブルキナファソ＊：フランス語	7	452	JICA 開発調査(砂漠化防止対策推進体制検討調査(土壌保全))
計	22 カ国	61	4,618	(12.6 カ年)

(注)　＊印は短歌を歌詠した国を表示し、計の 61 回と前述の出国数 52 回との差 9 回は陸路

〔閑話休題〕：ここで、海外での私生活を少しだけ紹介する。前述のように、海外滞在日数は4,618日（約12.6カ年）で、往復の旅行日数や家族帯同を除くと、現地滞在は約9.5年で、大半はホテルか、賃貸住宅に単身赴任の状態になる。施錠などすべての管理がのしかかる。現地では空き巣が横行している国もあるので、夜間は出歩けない。

　この間には、食事の準備・洗濯・掃除などをこなす。①食事は、土日に市場などで食材を求め、持参した食料品とで、栄養バランスを考えて、調理する。ある国際空港のレストランで、ナマズのステーキを食べ、1時間後から蕁麻疹（じんましん）を発症し4日間ほど悩まされた、②洗濯は、水不足が多発し、2つのポリバケツを用意して、洗い用とすすぎ用とし、アフリカは毎日が「日本晴れ」で、約1時間で乾く、③掃除は、ホテルに依頼するが、賃貸住宅では、自らが行う。

　熱帯では、トカゲ類が多く、室内の壁を伝い、天井裏が棲み家になっており、蚊帳の中で過ごす。クーラーは音がひどく、あまり冷えないため、天井吊りの扇風機を使う。停電の場合は、ロウソクを灯すが、就寝時には消し、そのままにしておくと、室内温度が高くなり、ロウソクが曲がり、使い物にならない。マラリアには長袖シャツや長ズボンを着て、直接に肌を出さないよう気をつける。汗腺は開きっぱなしで、皮膚の表面で蒸発し汗は出ない。帰国しても汗腺は閉まらず、顔面神経痛になる人も多いと聞く。〕

日本の多くの地方自治体は諸外国との友好関係を有し「姉妹都市」として交流している。最近は実習生も多数来日し、実習生の受け入れ担当者を介して短歌を勧めることも、期待できる。

3-2-2　語学対策

　別紙3211(p38)にあるように、アジア7カ国、中南米6カ国、アフリカ8カ国、西欧1カ国の22カ国で、スペイン語・中国語・フランス語・インドネシア語・アラビア語・英語の6カ国語を学習した(ドイツ語は大学の4年間のみ)。植民地経験のある発展途上国では、スペイン語、ポルトガル語、英語、フランス語などが当該国では、母国語化しており、流暢に話すが、会話時には十分に配慮してくれた。

　英語を母国語としない国々は、日本人も引けを取らないが、特に、米国人は米語でまくしたてるため評判は悪い。日本人は、母国語の習得に家庭教師を雇って学習し、任務を全うしていると評価されている。総じてチームを構成し調査団として、入国するため、通訳が帯同し日々の生活に困らない程度の最小限の語学は身につけ、あとは現地の調査など通じて実践することにした。

3-2-3　胎内被爆

　長崎原爆投下時(1945(S20)年8月9日11：02)、自分は母の胎内にあり、被爆した(胎内被爆)。プルトニウム239は爆心

地上空500mで炸裂し、稲妻より強烈な閃光が、高い山もなく、さえぎるものが少ない長崎では、半径100kmにも達したという。

　45歳時に、妻子を伴い入院中の母を見舞った時に、長い闘病で、老い先が短くなったことを察知し、母は「このことを話さないでは、死ぬにも死に切れない」と、心のわだかまりを吐露した。「海外出張する際に、電話をする」とその度ごとに「恐ろしい国には行くな」といわれたことからも首肯できる。

　今までに告白しなかったのは「あんたが被爆を意識し卑屈になり、周囲からのいじめを受けないため」と釈明した。風聞によると、お上から原爆のことは、「他言を控えよ」との達しがあったと聞く、すなわち隠蔽と封印が被爆者などに直接・間接に命じられ、母は45年間も沈黙していたことになる。

　2011(H23)年3月11日の福島第一原発事故では、南西約150kmのS市に住み続けているので、微量の放射線量を浴び続けている。10年にわたり放射線量を測定結果は抜粋して自著「長崎からの手紙」の73ページに記載した。集合住宅の5階では、①玄関の靴脱ぎ場が一番高く、②上着やズボンを脱いだ場所の順で、外出時には帽子、長袖シャツ、靴下をはき、帰宅後は手洗いや洗濯を励行することが、現在も必要である。

　主な既往症と現在治療中などの疾病は、①生後の脱腸(家

族の系統に脱腸はない)、②右足付け根のリンパ腺の腫れ物の切除、③盲腸と大腸の癒着(虫垂炎の疑い)で切除、④両側の腎臓の腎嚢胞(ピンポン玉大と金柑大が1つずつあり、経過観察中)、⑤膵臓内の膵管の肥大(経過観察中)、⑥右下肢血栓症の疑い(3カ月ごとの検査で、投薬)、⑦大動脈弁の3葉のうち1葉が開きっぱなし(心電図で4カ月ごとの検査)、⑧白内障(両眼とも手術、その後に左眼をレーザー照射処置)、⑨右眼の黄斑変性(4週間ごとの検査と投薬)、⑩C型肝炎(経過観察中)、⑪左手には空豆大や大豆大のガングリオン(1種の嚢腫(のうしゅ))の発症が、今もある。

　前述の⑥と⑦は関連しており、S市のZi医大で2021年5月17日入院、5月21日手術(大動脈弁置換術)、6月4日に退院し、その後、より近い病院で経過観察中である。

　これは海外業務の終盤、K県K市民病院で、エコノミークラス症候群と診断され、かかりつけ医の紹介状で2010年8月にS市民医療センターに行き「下肢静脈血栓症の疑い」で即入院し、11日間入院した。その後、最寄りの中核病院の紹介状を持って、前述のZi医大で診察を受けたところ、このままでは5カ月の余命といわれ、手術を決めた。海外業務は自ら希望したことで、遠距離飛行とその回数が多すぎたことに悔いはない。前述の成田空港からの出国52回、地球を約10周したことで、この病気を発症した。過去の職場の同僚たちにも内緒にし、別紙3211(p38)や別紙8011(p195)にも示すとおり、予想以上の成果を上げ、貢献できた。この間も歌

詠を継続できたことに満足している。

〔閑話休題〕：ここでは、三代目のペット文鳥について記述する。文鳥はカエデチョウ科の鳥で、原産地は、赤道直下の熱帯地方（ジャワ・スマトラやマレー半島）であり、「日本では、秋から冬の朝夕の冷える外気には要注意」となる。

退職後、文鳥を飼うことにした。一代目は桜文鳥を近くのペットショップで購入し3年目に、前述の外冷気のベランダで死んだ。二代目はホームセンターで雌の桜文鳥を買い、可哀想だからと雄の白文鳥を求めて番（つがい）にし、小指の爪ほどの卵を4個生んだが、雌が突いてダメにした。半年後、3日ごとの鳥籠の掃除中に白文鳥が腕の下の隙間をすり抜け、飛び去った。次秋には、残りの桜文鳥も、外冷気のベランダで死んだ。

三代目の文鳥は、その寿命が18年程で、飼い主の寿命と比べ、飼うことを逡巡したが、今度は根競べに挑戦した。ある日の正午近く、家内が「ハト2羽が、ベランダの文鳥を襲った」と告げた。左足が曲がらず、血が出ていた。頭は1/4ほど毛がむしられ、「ハゲ」ていた。傷ついた左足には消炎鎮痛剤の軟膏を塗った。無傷の右足で、動きまわり、餌や水を飲み、徐々に左足も回復してきた。半年もすると、足の筋が伸びて、曲がるようになり、1年後には、ほぼ元通りになった。獣医師の手当ても受けず、怪我の治癒とその回復力には、驚くばかりであったが、頭の毛はハゲたままで、皺

43

が2〜3あった。2022(R04)年2月17日にベランダで、冷た
くなっていた。寒さに要注意と分かりながら、3度の失敗に
コリて以後、断念した。』

第4章　五万首に挑戦

4-1　四万首到達までに得られた成果
4-1-1　著作「我がふるさとは邪馬台国」とCD「邪馬台国讃歌」
4-1-1-1　著作「我がふるさとは邪馬台国」

　故郷の長崎県から遠く離れた埼玉県S市に住んでいると、当地は海に面しておらず、海を見に行くには遠すぎる。馬齢を重ねるごとに「海が見える我がふるさと」に思いをはせ、海を見たい衝動にかられてきた。スペインやポルトガルが、南米を植民化した際には、海路から河川を遡り、海へ逃げられるまでは皆殺しし、さらに奥地へ入った場合は、原住民の女性と結婚して、同化政策を実施した。

　古代の中国からみれば、倭（わ）の国や邪馬台国には陸路が少なく、海から舟で、海辺から奥地へは5kmまでの範囲と考えられる。古老から実家の畑の中央部の土中の平たい石の下にソフトボール大のふやけた物が出てきたことを聞いた。この畑では矢尻が多く、畑を耕した後に雨が降ると矢尻拾いをした。また、実家の畑の隅には、元寇兵士の石積みの墓（五輪様）がある。元軍は歴代皇帝が編纂させた正史を読み、この地まで侵攻して来たが、戦死したものと思われる。

江口山には、関取の腹のように丸い部分があり、今もその部分の草木は刈り取られ、実家の北の入り口からよく見える。その奥は隣町のS町で、古墳時代を前後して天皇や皇后らが数回訪れた記録が残っている。さらに、M市教委によると、複数の遺跡の発掘調査はしたが、未整理で、これから整理するとのことであった。発掘調査をすれば、多くの教委は現地に縦穴式住居など復元するが、これすらしていない。出土品にはサヌカイト（讃岐石）があり、当時の讃岐の国（現在の香川県）から、どのようにして高価なものを入手し、祭器として使用したか、その記述もなく、サヌカイトによる演奏会も実施されていない。

　江口山を見る度に、「我が生まれた里が、後述する歴史的背景や地理的条件に加え、古代の遺跡や出土品などから、邪馬台国の可能性が高い」という思いに変わってきた。
「邪馬台国は九州・松浦」（2017年4月21日初版）が、藤澤龍雄・藤澤妙子著により、株式会社文藝春秋から発行・発売された。副題には「倒語（さかしまごと）と地形で行程女王の都の謎を解く」と記述され、同著の邪馬台国はH市のT町古梶免吹上山とある。今回の邪馬台国「松浦」とは、西方にわずか10kmの地にその吹上山がある。
　1995年の「M市制施行40周年まつうら今昔」の巻頭言に、「徐福が辿った道、防人が涙した道、ロマンを紡ぐ道、夢を織り出す道、それは未来へ伸びる道」とある。この中の「ロ

マンを紡(つむ)ぐ道」は、この地が古代中国などとの関係で、数々の出来事があり、上梓した「我がふるさとは邪馬台国―長崎・松浦」にも、このロマンの道を引用した。また「夢を織り出す道」は、西九州自動車道が開通し、M市民にとっても未来へつながる道となり、前述のロマンの道に通じるものと考える。さらに、この著作がきっかけになり石盛山とその近傍の川頭池や川頭遺跡の復元や道路が整備されれば、古代のロマンを求める愛好者などが増加し、M市のふるさと創生に貢献できると願っている。

邪馬台国論争は、当時の記録の少なさゆえの誤解や単位の解釈などについては、引き続き高名な専門家や有識者の研究に期待し、素人の立場での過去の経験や知見で、「我がふるさとは邪馬台国―長崎・松浦」との願いを込めて上梓した。

邪馬台国「松浦」の江口山の宮居や石盛山の「鬼の岩室」とその隣接地などを専門家や有識者により地下探査を含め精査されることを切望する。また「我がふるさとは邪馬台国」の出版を契機に、愛好家による邪馬台国コンテストが開催され、多くの邪馬台国の候補地、例えば「我がふるさとは邪馬台国―熊本・牛深」、「我がふるさとは邪馬台国―大分・佐伯」などが提案されて、優先度の高い順から、聞取り調査や地中探査などを行い、精査して黒白をつけて行くことが、邪馬台国の同定のために有効な手法であることを信じ、「邪馬台国探しのブーム」の再来に思いを馳せている。

別紙41111　著作「我がふるさとは邪馬台国」

この著作「我がふるさとは邪馬台国―長崎・松浦」は、巻末の参考文献にあるように1975(S50)年にM市史編纂委員会が編集・発行した「M市史」などをもとに、M市の歴史と地形や民話・伝説、さらには、古老の話や自身の体験などをもとに、記述した(別紙41111参照、p48)。

4-1-1-2　CD「邪馬台国讃歌」の作成

　邪馬台国の場所が、未だに同定されていないので、この讃歌を契機に、邪馬台国ブームの再来を願ってCDを作成した。曲想は「荒城の月」にし、邪馬台国の女王・卑弥呼を賛美し、一日も早く邪馬台国の地が同定されんことを願っている(別紙41121、p49参照)。

別紙41121　CD「邪馬台国讃歌」の作成

邪馬台国は同定されていないため、
坂本峰月著「我がふるさとは邪馬台国 長崎・松浦」(文芸社発行)では、
あとがきの138ページなどに「邪馬台国探しのコンテストの開催」を提案し、
コンテストのテーマ曲を想定して、このCDを作成しました。

邪馬台国讃歌

坂本 峰月 作詞
中村 恭子 作曲

1.魏王の使者 船団組んで 倭の国へ　　2.倭の国は 温和な風土 海幸・山幸　　3.使者たちの 報告書による 魏志倭人伝

荒波・海流 乗り越えて　　　　　　　米を食べては 酒くみかわす　　　　　金印 銀印 卑弥呼の墳墓

対馬から 壱岐 そして末羅国へ　　　　今の暮しの 原点が ここにある　　　　邪馬台国は 何処に 何処に

4-1-2　著作「長崎からの手紙」とCD「恒久平和讃歌」
4-1-2-1　著作「長崎からの手紙」

　筆者は性善説の立場から、①赤ちゃんが誕生したら国を越え、みんなで守り育てることが大事、②生きるために、生まれてきたかけがえのない命が、場合によっては戦争のために生まれてきたごとく、短くて、悲しい運命の人々を救うことが大事、③望まない国に生まれた場合でも、戦争やテロなどから赤ん坊を守る義務が、世界の国々や親たちにはあることを自覚し、行動することが大事、④赤ちゃん、子ども、老人、女性など社会的弱者には、特に色々な配慮が必要あることが大事、⑤以上の「4つの大事」を実現するためには、国際NGO創設、国連や関連機関の大改革により恒久平和への不断の努力が不可欠である。とくに「核・ミサイル実験」を行っている北朝鮮への「恒久平和のためのメッセージ」を含め、10通を「長崎からの手紙」に託した。

　電子辞書(広辞苑第6版)によると、「善政とは、①正しくよい政治、②人民のためになる政治」とある、また、インターネットによると、「善政とは、①人民に幸福をもたらす、正しくて良い政治、②人民のためを考えた良い政治、③民意に沿った良い政治」とある。このような善政が行われず、悪政が横行すれば、過去に勃発した戦争という悲劇が繰り返され、大変なことになる。すなわち、赤ちゃんは、この世に生を受けてから、2つの災害「天災と人災」に見舞われる。前

者の天災には、突発的に発生する地震や洪水などの自然災害があり、その救助には限度もある。一方、後者の人災は、前述した戦争をはじめ、家庭内暴力（DV）、いじめ、事故など、お互いの立場に立って、言い換えれば相手の身になって考え、行動すれば、ほとんどが解決できる。が、戦争ほど厄介なものはない。小さなしこりやいさかいが、積み重なっていくと事件、テロ、事変、そして戦争へ拡大していく。これには野心的な独裁者が関与しているケースが大部分である。この巨悪な者たちを排除できても、歴史的教訓が示すように忘れた頃に頭をもたげてくる。

　人知を結集し、議論を尽くし、力ではなく交渉により平和の道を探し、その道を歩くため、この著書は、史実とその教訓を人道的な面から探り、そして新しい道を探る、いわゆる「温故知新」のための、1つの拠り所となればと希求する（別紙41211、p53参照）。

　2019年11月、ローマ教皇の訪日の報に接し、インターネットで検索したところ、「庶民派で、手紙・Faxなどの宛名の紹介」があり、長崎からの手紙1冊、恒久平和讃歌のCD3枚、それに長寿の象徴である鶴の、折り鶴1羽とその折り方、色紙、挨拶状（A4判、2枚英文）とともに、2019年11月17日に航空便で送付し、同年12月6日付けローマ教皇の代筆の礼状が、12月19日に手元に届いた（p54参照）。

別紙41211　著作「長崎からの手紙」

文芸社　定価(本体1,200円+税)

映画「硫黄島からの手紙」に触発されて

本著「長崎からの手紙」を上梓

坂本龍馬の「船中八策」から150余年後に、
同姓で、同じ誕生日(11月15日)の坂本峰月が、
「恒久平和の手紙」を「長崎からの手紙」に託す

坂本峰月

文芸社

胎内被爆者である著者が、故郷の長崎が大陸に近いために
直面した元寇や朝鮮出兵などを面から紐解き、

全世界の赤ちゃんたちのために恒久平和を求める。

核廃絶のみならず宇宙の平和利用まで、広い視野での提言は、
これからの日本、ひいては世界と地球の未来のための必読の書。

ISBN978-4-286-19973-3

C0095 ¥1200E

文芸社
定価(本体1,200円+税)

恒久平和のシンボルマーク

恒久平和　Permanent peace

全世界の赤ちゃんたちは同時に同じ遊びを選ばない
ならば、全世界の赤ちゃんが平和に遊べる環境である。

53

SECRETARIAT OF STATE

FIRST SECTION · GENERAL AFFAIRS

From the Vatican, 6 December 2019

Dear Mr Sakamoto,

His Holiness Pope Francis was pleased to receive your letter and gift and he thanks you for sharing your work with him.

The Holy Father assures you of his prayers for God's abundant blessings.

Yours sincerely,

L. Roberto Cona

Monsignor L. Roberto Cona
Assessor

Mr Nobuyoshi Sakamoto

Japan

4-1-2-2　CD「恒久平和讃歌」の作成

　この讃歌は、小学校において教わる、分かり易い曲のアメリカ民謡「ともだち賛歌」をイメージし、「長崎からの手紙」をベースにしたこのCDが、日本をはじめ、世界中に広がりヒットすれば、各国の為政者や国連の関係者などを動かせるのではないかと、期待している。

　現在、両著とも2025（R07）年2月末まで、①常備配本（関東圏5店舗を1年ごとに、変更）、②インターネット上に2著作の書籍電子化している。2つのCDは頒布することを条件として、前者が300枚、後者が500枚を制作し、在庫が少なくなり、制作会社に追加を確認したところ、両者とも300枚以上しかできないといわれ中断している。

　〖閑話休題〗：ここでは、ウクライナ戦争に関する書簡を掲載する。2022（R04）年5月17日付けで、駐日ウクライナ共和国特命全権大使に、次のようなメッセージを付して、著作「長崎からの手紙」3冊とそのCD「恒久平和讃歌」4枚を贈呈した。「貴国の戦火に、心を痛めている者です。事前に単身で訪日されたウクライナ女性音楽家をテレビで見ました。今回、母様たちを呼び寄せられたことも知りました。このCDを前述の音楽家に依頼して貴国語に翻訳し、貴国に送付いただきたくお願いします。これにより、勇敢な貴国の皆様の心の拠り所になるよう願っております。そして、貴国からこのような

別紙41221　CD「恒久平和讃歌」の作成

恒久平和讃歌

CD

2019
MADE IN JAPAN
OCT.8014681
(第6版)

こうきゅうへいわさんか
恒久平和讃歌

作詞　坂本　峰月

作曲　中村　恭子

歌唱　筑紫　杏菜

恒久平和のシンボルマーク

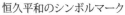

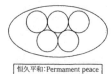

恒久平和：Permament peace

全世界の赤ちゃんたちは、国・時・親を選べない。

ならば、全世界の恒久平和こそが、最善である。

（著者：坂本峰月 / 発行所：胡文芸社「長崎からの手紙」101ページから）
　著者は長崎原爆の胎内被爆者で、原爆胎内被爆者全国連絡会と埼玉県原爆被害者協議会の会員

恒久平和讃歌

坂本 峰月 作詞
中村 恭子 作曲

1. この地球 戦争が絶えず
   被害甚大 嘆き悲しんだ
   醜い争い もういらぬ
   ただひたすらな 平和を願う

2. 生を受けた 赤ちゃんたちを
   皆で守り 育んで
   知恵と行動の 輪を広げ
   笑顔がいっぱい この世の中を

3. 地球人 みんなが平等
   自由なり 人生1回
   世界中が 幸せ願う
   恒久平和の この歌響く

「恒久平和讃歌」が、全世界に向け発せられることで、平和の気運が高まり、さらに恒久平和につながっていくものと確信」します。』

4-2 五万首に挑戦

　14歳（中学2年）から開始し、1万首を目標に設定して到達したのは67歳時で、62歳の退職時から歌詠数が増加した結果である。次の目標は4万首とした。その後は3年に1万首の割合で到達していった。これは、準備手帳の利用とボケ防止に詰め込み主義を貫いたことによることが大きい。さらに、ライフワークを短歌に決めてから、短歌の31文字や詞書（ことばがき）を念頭に、事物を捉えることが身についてきて、進んで時間を振り向けることができた。そして、区切りのよい、五万首に挑戦した。五万首の本編と各編は、各14冊（ただし2009（H21）年版は合本）あり、2022年（R4）年版は膨大であるため、ここでは前年（2022（R04）年）の12月15日から同31日までの後半月分を本編と各編に事例として後掲する。

4-2-1　本編2022年版12月の後半月分の例

　本編2022年版は、3,261首で、約330ページと膨大になるため、最終月12月の後半月分のみを参考のために掲載する（別紙4211、p61参照）。

(1)本編の特徴としては、詞書（ことばがき）を重視した歌詠

 1) これまでの短歌の詞書は少なく、読者が短歌を読み、その内容、特に心情を類推し、その心の奥深さや風景の素晴らしさなどを評価しあうことに主眼がおかれてきた。しかしながら、最近はグローバル化、技術の進歩、気候変動、想定外の事件や事故が世界的に多発しているため、

詞書の充実により短歌の背景や趣意を明確にした。「短歌を読む→詞書を読む→短歌を読む」を繰り返すことにより、教養や人格の形成にも役に立つものと期待する。

2）時系列の記述のため過去の教訓と現在の分析、そして未来への備えとしては、この本編が、2009（H21）年から14年のわずかな期間ではあるが、2011（H23）年の東日本大震災、2019（R01）年に発生し、新型コロナウイルスの国連のCOVID-19や各国の対応ぶり、そして、ロシアのウクライナ侵攻などが時系列に並んでおり、この詞書や短歌が参考になる。またテレビ編・新聞編などを読めば、日本、さらに世界の当時のニュースが短時間に把握可能となる。

(2)本編の活用法

　本編は、1月から12月まで、新聞やテレビ番組などを時系列的に並べたもので、新聞の論調とテレビ番組の報道内容との比較、クラシック音楽の作曲家や曲想の由来なども楽しめる。

> 本編番号は50,000（2022.12.31）で五万首に到達し、次は六万首挑戦（人生の大半をかけたライフワークの歌詠には、忘れる以上に、脳に詰め込み主義でボケ防止にも）
> 「短歌を　ライフワークに　60余年　五万首到達　さらに六万首へ」

別紙4211　本編2022年版12月の後半月分の事例（前半月分は割愛）

〔本編の表紙の例〕

（各編は別冊）

万 歌 集
本 編
（2022 年版）

2022.01.01 ～ 2022.12.31

（後掲の事例は2022.12.15 ～ 2022.12.31）

第46,740首～第50,000首

（後掲の事例は第49,863首～第50,000首）

2022(壬 寅)年 12 月 31 日

歌詠子：坂本 宣美 (号：峰月)

はじめに

1．歌集名

　現存最古(西暦759年から約350年間)の歌集である万葉集は4,516首(全20巻)、西暦900年初頭の古今和歌集は約1,100首(全20巻)、西暦1200年初頭の新古今和歌集は約1,980首(全20巻)とある。また、歌人 与謝野晶子氏は、歌集と拾遺あわせて25,232首を印刷物で残しているが、一説には、四万首ともいわれ、これに触発され、五万首を目指すきっかけになった。

　当面の目標であった40,000首は2019年11月15日に到達し、次の目標は50,000首とした。なお、中学2年時にライフワークの1つとして短歌を詠い始めたが、当時の短歌はほとんど残っていない。この歌集のタイトルの「万歌集」とは、「まず1万首に到達する」との願いを込めて「万」を冠し名付けた。前述の万葉集の「万」に抗したものではない。

　表は年版ごとの首数やその累計で、2009年版からの通し番号とした。最下段の1行上の2022年版は、3,261首と膨大であるため、最下段の太字138首(4.2%)を後掲した。最終の歌詠番号は第50,000首である(14冊のページ総数は5,054で、表紙や目次などは含まない)。

2．歌詠法

　短歌を詠む手法は、パソコンの手元に地図帳や電子辞書を

版	期　間	番　号	首数	累　計
2009 年版	2009.12.31 まで	0001－ 2,318	2,318	2,318
2010 年版	2010.01.01～12.31	2,319－ 5,750	3,432	5,750
2011 年版	2011.01.01～12.31	5,751－ 9,416	3,666	9,416
2012 年版	2012.01.01～12.31	9,417－13,349	3,933	13,349
2013 年版	2013.01.01～12.31	13,350－17,431	4,082	17,431
2014 年版	2014.01.01～12.31	17,432－21,564	4,133	21,564
2015 年版	2015.01.01～12.31	21,565－25,549	3,985	25,549
2016 年版	2016.01.01～12.31	25,550－29,482	3,933	29,482
2017 年版	2017.01.01～12.31	29,483－33,366	3,884	33,366
2018 年版	2018.01.01～12.31	33,367－37,044	3,678	37,044
2019 年版	2019.01.01～12.31	37,045－40,436	3,392	40,436
2020 年版	2020.01.01～12.31	40,437－43,661	3,225	43,661
2021 年版	2021.01.01～12.31	43,662－46,739	3,078	46,739
2022 年版	2022.01.01～12.31	46,740－50,000	3,261	50,000
12 月後半月分	2022.12.15～12.31	49,863－50,000	138	

置き、準備手帳は、Ａサイズの100枚と同50枚を主に使用した。いずれも1ページを4分割し、これに記述した（前者は800首／冊で、現在27冊目の約43％、後者は400首／冊で、41冊目の約33％で、残りの24％はカード記入や直接入力）。その後インターネットで検索して内容を確かなものにし、加筆修正しながら入力した。

　読書は読後感、新聞では社説や「ひと」などの欄を読了し、その内容の印象や感想を歌詠した。「読み下すのみ」では、もったいなく、思いのままを記録した。

　テレビ番組では、耳と目だけの鑑賞よりも、同時に手を動かすことにより、より深い内容、例えば行きたくてもいけない国・地方の慣習や史実などに思いをはせ、咀嚼しながら歌詠するように努めた。また、ＮＨＫ名曲アルバムは5分もので、字幕スーパー（スーパーインポーズ）は少しあるものの、ナレーションがないため、神経を集中して歌詠した。前述のような対象題材に接すると、歌詠する喜びが湧いてきた。「忘れる以上に、脳に詰め込む」主義に徹し、有効であることが体得できた。このような歌詠法が、少しでも広がれば望外の喜びである。

3．表示法と刊行

　この万歌集は、歌詠番号と年月日を冒頭に入れた。読者諸氏にとって、この時系列がその当時の背景や世相などの手がかりや思い出などになれば幸甚である。また、年月日のあと

には前書きの文（詞書（ことばがき））に出典や解説などの行数を増やした。まず、記述された短歌を読み、詞書を確認しつつ、もう一度読まれることをお勧めしたい。また、この万歌集（本編と各編、各一冊）は年末に1年分をまとめ、年版として各1部を刊行したが、2009年版は本編と各編を合本して1冊とした（その後は別冊）。さらに全記録はUSB（Universal Serial Bus）に収録した。

４．各編の説明（割愛）

５．歌詠時の考え方

「まえがき」にも記述したように、2022（R04）年1月7日朝刊のA新聞の声に投稿された「言論の自由とは、批判の自由」や同年2月27日朝刊の「日曜に想（おも）う」の「愛され続けるある典型的な英国官僚」で「英国では、チャカされる側の政治家も怒らないのがルール」とあった。

　さらに、同年3月24日朝刊の耕論には、批判される権力批判と題して、3名の論者は、①変わらぬなら波風立てず、②様々な指摘こそ社会の礎、③空気読み政権のポチに、の3点を指摘した。そこで歌詠する考え方は、昨今の政治的風土を庶民的感覚に立つと、批判的な歌詠をせざるを得なかった。

　このため、2021年4月6日から峰月苦言：デカルトの言葉を引用「我思う、故に苦言あり」を導入した。これは、憲法にある、言論の自由や出版の自由などに適（かな）うもので あ

る」とする信条からでもある。

本編2022年版の12月は、前表の下段の太字部分の3,261首のうちの138首（4.2％）で、第7章の関係する法人や協会への提案の(1)基本的な提案の「新短歌」の手法に従って記述した（各編については4-2-2、p103参照）。歌詠法などは、前述のとおりである。

12.　2022（R4）.12.15 〜 2022.12.31

49,863　2022.12.15　朝日新聞社説：防衛費の財源〜国債発行は許されない

国民との　議論もせずに　独断で　過去の道を　突き進むな

49,864　2022.12.15　朝日新聞社説：沖縄県の敗訴〜自治の軽視を憂慮する

地方自治　下から積み上げ　憲法に　上から目線　軽視容認？

49,865　2022.12.15　朝日新聞かたえくぼ：次の課題「PKのPポスト・K岸田」日本（埼玉・角イモ）W杯のPK戦を想定

PK戦　同点終了　決着は　昔くじ引き　今忖度

49,866　2022.12.15　朝日新聞ひと：子どもの権利譲渡に貢献し、国際子ども平和賞を受けた（川崎レナさん17歳）マ

ララやグレタも受賞した国際NGOの賞授与

**14歳　国際NGOの　日本支部　設立きっかけ　いくじ
なし知り**

49,867　2022.12.15　NHK BSプレミアム：フォート・ブ
ロックの決闘These thousand hills（1958年米制作96分）主
演ドン・マレー（A・B・ガスリー Jr.の小説を原作にした
西部劇映画）撮影はメキシコのソンブレレテの街にあるシ
エラデオルカノス国立公園内で

酒場の　女と親しく　資金借り　土地成金　街の名士に

49,868　2022.12.15　NHK BSプレミアム：パリは燃えてい
るかIs Paris burning?（1966年仏米制作173分）主演ジャ
ン・ポール（第二次世界大戦末期、パリ解放の顛末を描い
たルネ・クレマンの大作）

連合軍　パリ解放と　それに　尽力した　人たちを活写

49,869　2022.12.15　NHK BSプレミアム：地下鉄に乗って
（2006年日制作121分）主演は堤 真一（浅田次郎の同名小説
の映画化）衣料店の営業マンは、地下鉄の駅で父が倒れた
という伝言を見る

**その時　彼の前を　兄に似た　人影がよぎり　必死に追い
かける**

49,870　2022.12.15　NHK BSプレミアム：ツレがうつにな
りました（2011年日制作122分）主演は宮崎あおい（結婚し
て5年になる夫は外資系のパソコンソフトのお客様セン
ター勤務）キャッチコピーは「頑張らないぞ」、「健やかな

る時も、病める時も一緒にいたい」

日々　ストレス抱え　仕事に　追われるツレ　うつ病発症

49,871　2022.12.15　NHK BSプレミアム：名曲アルバム(世界の名曲を、美しい映像とともに)〜英雄の生涯(リヒャルト・シュトラウス作曲1864 – 1949年)ドイツの作曲家・指揮者(リストの交響曲やワグナーの楽劇で、華やかな技法をもって、発展)名指揮者ウィレム・メンゲルベルク1871 – 1949年は管弦楽団を育て上げ、ニューヨークでは常任指揮者を兼任(演奏時間は全6章で約40分)

この曲は　名指揮者へ　贈られ　ニューヨークでも　大成功し

49,872　2022.12.15　峰月苦言：デカルトの言葉を引用「我思う、故に苦言あり」(防衛財源 裏付け先送り)

防衛費　早とちりドタバタ　拙速で　そのツケ国民　へああ増税

49,873　2022.12.16　朝日新聞社説：国葬の検証〜分断の禍根浮き彫りに

独断で　国葬決めた　おお空け　ルール決めると　これも嘘なり

49,874　2022.12.16　朝日新聞社説：観光船事故〜国の責任は免れない

痛ましい　事故を起こした　責任で　大臣更迭　これがベースだ

49,875　2022.12.16　朝日新聞かたえくぼ：今季一番の寒気

「さむけとも読める」増税不安(青森・尻尾の先)慌てふた
めく先走り、沈着冷静の欠片(かけら)なし

**パソコンで　カンキより先　サムケが　先に出たのは　投
稿者早読み**

49,876　2022.12.16　めんそーれ！　化学〜おばあと学んだ
理科授業(盛口 満著：岩波ジュニア新書)2018年第1刷、
[9時間目] 砂糖の仲間(カロリーゼロの秘密)③デンプン
の分解物(自分の子が芽を出す時のために蓄えた栄養分)デン
プンはブドウ糖が集まったもので、分解されると、最終
的には水と二酸化炭素になる

**分解物　アルコールを得て　酒造り　手助けするは　麹と
酵母**

49,877　2022.12.16　めんそーれ！　化学〜おばあと学ん
だ理科授業(盛口 満著：岩波ジュニア新書)2018年第1刷、
[10時間目] 砂糖の仲間(コンニャクを作る)①ドングリの
デンプン(ドングリ(ブナ科)の仲間の果実)日本には、その
仲間は、ナラとカシ、マテバシイの2つの仲間に、合わせ
て17種類ある

**植物は　CO_2と水で　ブドウ糖　これをデンプン　貯蔵
するため**

49,878　2022.12.16　NHK BSプレミアム：突破口！Charley
Varrick(1973年米制作111分)主演ウォルター・マッソー
(ニューメキシコの小さな村の中年男が、銀行強盗を計画
し、若い男を仲間にして大金をものにする作品)

その金は　マフィアのもので　警察と　両方に追われ　殺し屋登場

49,879　2022.12.16　NHK BSプレミアム：フラッシュ・ゴードンFlash Gordon（1980年米制作111分）主演サム・ジョーンズ（地球征服を企む悪の皇帝の陰謀を砕くため恋人と博士とともに、惑星へと向かう）全12話のフラッシュ・ゴードンのアプリから視聴が可能

バカげた　内容だが　不思議な　魅力ある　作品評価も

49,880　2022.12.16　NHK BSプレミアム：3人のゴーストScrooged（1988年米制作101分）主演ビル・マーレイ（チャールズ・ディケンズのクリスマス・キャロルを元にSFX（特殊撮影＝特撮）を駆使したコメディ仕立ての作品）

傲慢で　がめつい社長　イヴの夜　過去・現在　未来幽霊が

49,881　2022.12.16　NHK BSプレミアム：ワルキューレValkyrie（2008年独米制作120分）主演トム・クルーズ（第二次世界大戦下のドイツで、祖国の平和のためヒトラーの暗殺計画を思いつく）

ヒトラーに　屈する者と　暗殺者　両者の裏との　三者駆け引き

49,882　2022.12.16　NHK Eテレ：きょうの健康〜目の健康（あなたの疑問に答えます）①外で光を浴びて、大人でも近視の進行を抑えられる？（日陰の明るさ丁度良い、大人の場合は硬直化が進み不適）、②ドライアイ点眼薬では治せ

ない？（涙口にムチンを点眼し、ためておくので、処方に従う）、③成長期の子どもへのコンタクトレンズは問題ない？（使用期限を必ず守り、定期的に眼科を受診）

高齢化　眼病罹り　面倒も　しっかり養生　1つずつ完治

49,883　2022.12.16　峰月苦言：デカルトの言葉を引用「我思う、故に苦言あり」（効力ない臨時の閣議決定、その後会見とは）これを受けて野党もやれよ会見を

熟議と　説明なしで　安保の　大転換は　将来に禍根

49,884　2022.12.17　朝日新聞社説：安保政策の大転換〜平和構築を欠く力へ傾斜（1）

中国と　どう向き合うかの　議論なし　強（したた）か専制独裁政治

49,885　2022.12.17　朝日新聞社説：安保政策の大転換〜平和構築を欠く力へ傾斜（2）

検討を　繰り返すのみで　蓋開ける　閣議決定　擬（まが）い物なり

49,886　2022.12.17　フジテレビ（テレビ静岡）：テレビ寺子屋〜いまを大切に（日本ホスピタルクラウン協会理事長：大棟耕介）被災地・戦地・病院などに足を運び、サーカスや遊園地など楽しい所で、病気などに奮闘中の子どもたちの当たり前でない現実に遭遇する）

人は　悩みや不安に　優しくし　これら克服　今を大事に

49,887　2022.12.17　NHKテレビ：さわやか自然百景〜秋 浅間山（長野と群馬の両県にまたがる浅間山は、標高2,588m

の三重式活火山(標高2,000m付近の古い火口跡には、背の低い草木が繁茂し、草原が広がる)特別天然記念物のニホンカモシカ(ウシ科)が生息し、その密度は全国平均の約10倍を誇る

恋の季節　ニホンカモシカ　メスとオス　求愛行動　荒々しくも

49,888　2022.12.17　NHKテレビ：小さな旅～大田原市(栃木県北東部の大田原市は、面積354.6㎢・2022年11月1日の推定人口は71,081人)那須の山々が蓄えた水がコンコンと湧き出し「湧き水の里」と呼ばれている(ニジマスは虹鱒と書きサケ科、クレソンはアブラナ科、ジネンジョは自然薯と書いてヤマイモ科)

伏流水　ニジマス釣り場　父から子へ　クレソン栽培　正月ジネンジョ

49,889　2022.12.17　NHK BSプレミアム：サイエンスZERO(科学する心を伝えたい)～小笠原の火山島・西之島の大噴火は何を語る(拡大を続け、世界から注目)壮大な実験場とも言えるこの島の今を、美しい実写とCG(コンピュータを使って描いた画像)で解説(カルデラ噴火は過去の噴火後に火山中央部の陥没による大噴火)

科学者らは　水中ロボットや　ドローンにて　サンプルで次はカルデラ噴火？

49,890　2022.12.18　朝日新聞社説：防衛費の増額～看過できぬ言行不一致

中身と　予算と財源　一体の　徹底議論を　国会でやれ

49,891　2022.12.18　朝日新聞社説序破急（じょはきゅう）：BTS（韓国の音楽グループ"防弾少年団"）と兵役と世界の平和（序破急とは、自己愛が呼ぶ破滅の足音）

BTS　メンバー兵役　韓国の　国会騒動　丸刈り入隊

49,892　2022.12.18　朝日新聞：日曜に想（おも）う～つながれる空間 芽吹く時

大都会　人が集まり　つながって　農園取り持つ　ここに芽吹きが

49,893　2022.12.18　朝日求人仕事力：初めてに、ひるまない（三菱地所広報部ユニットリーダー：高田晋作）信じ抜いて事が動く（話題づくりに奔走した1年半）楽しむ気持ちが連鎖を生んだ

盛り上がり　人を巻き込む　自分自身　楽しむ気持ち　こそが大事に

49,894　2022.12.18　めんそーれ！　化学～おばあと学んだ理科授業（盛口 満著：岩波ジュニア新書）2018年第1刷、［10時間目］砂糖の仲間（コンニャクを作る）②マンナンとセルローズ（コンニャク（サトイモ科）のイモには、マンナンと呼ばれる炭水化物がある）これは動物などは食べないが、人間は加工してコンニャクを作り出した（マンナンは、人間が食べても消化しないので、カロリーはなし）デンプンは a（アルファ）グルコースがつながったもので食用となる

消化不可　食物繊維の　セルロースで　β（べーた）グル
　　コース　木質と同じ

49,895　2022.12.18　めんそーれ！　化学～おばあと学んだ
　　理科授業（盛口　満著：岩波ジュニア新書）2018年第1刷、
　　［10時間目］砂糖の仲間（コンニャクを作る）③コンニャク
　　の思い出（コンニャクイモは、生では食べられないのは、
　　蓚酸などのあくが含まれており、石灰を入れて「あく味」
　　をなくする）

　　石灰は　コンニャク製造　漆喰に　固形黒砂糖　これもそ
　　うなり

49,896　2022.12.18　テレビ東京：ライブリポートLine of
　　duty（2019年英米制作99分）主演サムアーロン・エッカー
　　ト（少女誘拐事件を捜査している警察官は、配信サポート
　　のリポーターに操作の生配信を許可）

　　誤情報　翻弄されて　捜査が　困難になるも　過去の事件
　　が

49,897　2022.12.18　NHK BSプレミアム：サイエンスZERO
　　（科学する心を伝えたい）～極小マシンがあなたを救う（薬
　　を届けるナノマシン開発最前線）ナノは10億分の1（10^{-9}）を
　　表す単位の接頭語（高分子を駆使して作るナノサイズの乗
　　り物に、薬や遺伝子を搭載して体内の目的の場所に届ける
　　技術）

　　高分子　巧みに操り　あらゆる　機能を加え　脳にも届け
　　る

49,898　2022.12.18　NHKテレビ：大河ドラマ　鎌倉殿の13人（最終回：報いの時）反目する義時を打ち取るため義時追討の宣旨を出し、兵を上げた後鳥羽上皇側は破れ、上皇は隠岐へ配流（はいる）

政子の　言葉に奮起し　幕府は　京へ派兵　先発隊向かう

49,899　2022.12.19　朝日新聞社説：社会保障財源〜防衛費の次でいいのか

財源の　議論を抜きに　改革なし　土台が崩れ　首相能無し

49,900　2022.12.19　朝日新聞社説：米中間選挙〜国民の危機感の直視を

迫害や　強権蔓延（はびこ）る　歯止めは　米国以外　見当たらネェ

49,901　2022.12.19　朝日新聞ひと：金曜の夜、寺で書店を開く住職（日野岳史乗さん37歳）盛岡市の寺町にある真宗大谷派・専立寺で、昨年6月に書店を開始

阿弥陀像　前に100冊余　小説や　春画にポルノ　生臭坊主？

49,902　2022.12.19　NHK Eテレ：趣味の園芸〜やさいの時間（ベジ・ガーデン）収穫祭 味も大検証スペシャル（秋から栽培している①ジャガイモ（ナス科）は、雨の直後は腐り易い、②茎レタス（キク科）やレタス類の苦いという悩みの原因は、切り口の白い汁（ラクチュコピクン）で、食べる前に水に晒す）ミニトマトは1本仕立て、2本仕立て、放任栽培

の3タイプで計量(1位は量が放任、粒重は1本仕立て、味
は2本仕立て)

**ミニトマト　1本と2本　放任で　量・重さ・味　それぞ
れ異なる**

49,903　2022.12.19　NHK Eテレ：趣味の園芸〜京も一日陽
だまり屋(蕾も実もある常緑樹スキミア)ミカン科で、雌雄
異株(蕾を楽しむ花木で、深赤の蕾が映える雄株が人気)雌
株だけに、花をつけた後に赤い実がなる(斑入りの葉が美
しいマジック・マルハー)花言葉は、清純・寛大

人気は　美しい蕾　長持ちし　楽しめる花　切り花もよし

49,904　2022.12.19　NHK Eテレ：趣味の園芸〜山本美月グ
リーンサムへの12か月⑨植物をリスペクト！　植物の知
恵と生き方を楽しむ(鉢植えでも、庭でも、野外でも、五
感を使って植物の面白さを掴む)

**いつもより　近づいて見る　それだけで　いろいろ発見
楽しみ倍増**

49,905　2022.12.19　NHK BSプレミアム：名曲アルバム(世
界の名曲を、美しい映像とともに)〜白鳥(サン・サーンス
作曲)フランスの作曲家・ピアニスト・オルガニスト1835
－1921年(1886年に、全14曲からなる組曲「動物の謝肉
祭」副題は動物学的大幻想曲)で、カンガルーはピアノ、
カッコウはクラリネット(白鳥の演奏時間は3分27秒、
チェロとピアノで静かに演奏)

はかなくも　透き通るような　白鳥の　心の透明度　落ち

たら聴く

49,906　2022.12.19　NHK Eテレ：視点・論点（第一線からの言葉）〜朝食をとることが大切な理由（日本獣医生命科学大学客員教授：佐藤秀美）朝食は①体のリズムを整える、②朝食でエネルギーを蓄える、③健康の維持増進につながる（朝食なしの場合は、親は朝食を作る時間がない、子どもは食べる時間がない）朝・昼・晩で、食事の分量を満たすが、1食でも欠けると、ガツガツ食べるために、肥満になる（体内時間は25時間で、1日は24時間、この差の1時間の調節が大事）

1日と　体内時計　差1時間　朝血糖値　朝食で回復

49,907　2022.12.19　峰月苦言：デカルトの言葉を引用「我思う、故に苦言あり」

イラン製　ロシアが使用　電池にカメラ　日本製家電の転用・禁輸を

49,908　2022.12.20　朝日新聞社説：改正民法成立〜無戸籍の解消を急げ

子どもの　成長発達　支えゆく　国民の1人　親の役割

49,909　2022.12.20　朝日新聞社説：W杯〜巨大化に未来はあるか

今大会　疑惑数々　指摘され　さあこれから　摘発続々

49,910　2022.12.20　朝日新聞かたえくぼ：36年振りW杯優勝「ゴールキーパーの神の手」アルゼンチン（神奈川・老人生）汚職が蔓延（はびこ）る五輪など縮小し、発祥地のギ

リシャ並みに

三度目の　W杯優勝は　神の手　ゴールキーパー　相手を読んだか

49,911　2022.12.20　朝日新聞ひと：フィンランドの育児パッケージを手がけたデザイナー（Aya Iwayaさん30歳）赤ちゃんを産むと育児パッケージが無料で配られる（衣類などベビー用品が詰まっている）この箱のデザインが秀逸と評価

妊婦には　欲しいから　受診する　動機付けにと　デザイン工夫

49,912　2022.12.20　NHK BSプレミアム：名曲アルバム（世界の名曲を、美しい映像とともに）〜スターバト・マーテル（バッティスタ・ペルゴレージ作曲）イタリアのナポリ楽派のオペラ作曲家1710－1736年（ナポリ近郊の港町ポッツォーリでの静養中に、最後のこの曲を作曲）スターバト・マーテルとは、悲しみの聖母の意で、十字架の傍らに佇（たたず）む聖母マリアの悲しみの情景を曲に込めた（12曲で構成され、演奏時間は約40分）

不治の　病に倒れ　静養時に　この曲仕上げ　ほどなく逝去

49,913　2022.12.20　NHK Eテレ：視点・論点（第一線からの言葉）〜世界人口80億人今後の課題（国連人口基金（UNFPA）駐日事務所所長：成田詠子）世界人口は現在の77億人から2050年に97億人（主な課題は、①人口増加率

は、地域により異なり、多くの国々で人口減少、②生産年齢人口の増加が、経済成長のチャンス、③最貧国の平均寿命は、世界平均に7年およばず、④世界人口の高齢化、65歳以上の年齢層が最速で拡大、⑤人口の減少を経験する国が増加）

世界の　格差拡大　人口の　増大によりて　課題山積

49,914　2022.12.20　峰月苦言：デカルトの言葉を引用「我思う、故に苦言あり」

新潟を　標的にした　ドカ雪は　前代未聞の　冬将軍か

49,915　2022.12.21　朝日新聞社説：金融緩和修正〜日銀はもっと機敏に

内閣に　知らせもせずに　黒田の　独断専横　断末魔なりき

49,916　2022.12.21　朝日新聞社説：留置中の死亡〜収容の実態の徹底検証を

法と実務　国際基準　合わせよと　国連指摘　後手の失態

49,917　2022.12.21　朝日新聞かたえくぼ：内閣支持率31％「ツイッターで信任投票を」国民　岸田首相殿（愛知・フーさん）内閣支持率の一桁を早く見たい

一桁に　下駄をはかせて　31パー（％）　22パー上乗せ本人知らずや

49,918　2022.12.21　NHK BSプレミアム：ヒューマニエンス Humanience 40億年の企（たくら）み 絶滅と進化のインパクト（人間らしさの根源を、科学者は妄想する）クエスト

Quest 〜選 言葉（これがヒトの思考を生んだ）動物も鳴き声でコミュニケーションをするが、ヒトの言葉は特別で、これが豊かな思考を生んだ（例えば7万年前の遺跡から弓矢の矢尻が発見され、これが言葉の起源の解明に）ヒトの言葉獲得に必要な擬音語や音階の区切れで、脳の仕組みも解明

矢尻は　多くの部材の　組合せ　これが言葉の　思考生み出す

49,919　2022.12.21　NHK BSプレミアム：ウォール街Wall Street（1987年米制作124分）主演マイケル・ダグラス（一攫千金を夢見る若き証券マンが、フィクサー（黒幕的人物）的存在の大富豪に取り入る）父のネタは航空分野

父のネタ　夢をかなえるに　流したり　息子儲かるも　損失いっぱい

49,920　2022.12.21　NHK BSプレミアム：追われる男（1954年米制作93分）主演ジェームズ・キャグニー（無実の罪で服役していた男が、刑期を終えて帰町し、町長の推薦で保安官に）

保安官　若者助手に　無法者　一味を追うが　若者の仲間

49,921　2022.12.21　NHK Eテレ：視点・論点（第一線からの言葉）〜 ELSIとは何か（大阪大学教授：岸本充生先生）ELSIエルシー：倫理的・法的・社会的課題Earth-Life Science Institute（生じるかもしれない課題を予想して倫理的・法的・社会的に対応することで、遺伝子操作・ドローン・オ

ンライン授業・自動運転技術など多岐にわたる)法的には
OKでも倫理的・社会的にはNOのケースや社会は認めて
いるが、法的な措置が追いついていない(1990年に米国で
始まった研究プロジェクト)

**遺伝子の　操作上に　リスクあり　これを予測し　未然に
摘む**

49,922　2022.12.21　峰月苦言：デカルトの言葉を引用「我
思う、故に苦言あり」

**虚ろな目　白髪増加の　死に体で　利上げでないと　強弁
しおり**

49,923　2022.12.22　朝日新聞社説：薗浦衆院議員〜辞職で
終わりではない

**自民党　真に不信の　払拭は　規正法改正　これがベース
だ**

49,924　2022.12.22　朝日新聞社説：序破急(じょはきゅう)〜
自己愛が呼ぶ破滅の足音

**プーチンは　安全贅沢　いっぱいで　若者の戦地へ　小心
の証拠**

49,925　2022.12.22　朝日新聞ひと：脱毛症の縁でリカチャ
ンのヘッドスカーフをデザインした(角田真住さん45歳)
円形脱毛症から薬漬けで体調を壊した(半年で2/3の髪を
喪失し、自分が壊れていくと感じた)

**襟元用　スカーフ巻いて　ランチへ　可愛いといわれ　心
に変化が**

49,926　2022.12.22　めんそーれ！　化学〜おばあと学んだ
　　理科授業(盛口 満著：岩波ジュニア新書)2018年第1刷、
　　[11時間目] 蛋白質を探る(小麦粉からガム)①樹液の味
　　(シラカバ(カバノキ科)やサトウカエデ(カエデ科)の樹液
　　の甘味はわずかだが、煮詰めることでシロップができる)
　　樹液を多く採ると枯れることもあり

**　光合成　糖分を作り　デンプンや　セルロースに　変換し
おり**

49,927　2022.12.22　めんそーれ！　化学〜おばあと学んだ
　　理科授業(盛口 満著：岩波ジュニア新書)2018年第1刷、
　　[11時間目] 蛋白質を探る(小麦粉からガム)②小麦粉から
　　ガム(ガジュマル(クワ科)の白い樹液を煮詰め、粘着性の
　　あるものをガムに)小麦粉の白い粉を洗い流して、グルテ
　　ン(蛋白質)を集めガムの代用に

**　小麦粉の　グルテン加工　麩ができる　味噌汁に入れ　蛋
白質増**

49,928　2022.12.22　NHK BSプレミアム：起終点駅ターミ
　　ナル(2015年日制作112分)主演は佐藤浩市(北海道・旭川
　　地裁の判事は、覚醒剤事件で被告となった昔の恋人と25
　　年後に再会)元妻は冴子のこと

**　判事は　冴子と別れ　釧路の　国選弁護士　元妻の面影が**

49,929　2022.12.22　日本テレビ：君の名は(2016年日制作
　　107分)主声優は神木隆之介(新海 誠が監督・脚本を務めた
　　2016年の日本のアニメーション映画)夢の中でのなりかわ

りで、国の内外と関わる人々に大評判

田舎の　女子高生と　東京の　男子高生　夢で入れ替わり

49,930　2022.12.22　冬至（とうじ）：24節気の1つで、太陽が黄軽270度の冬至点に達し、1年中で最も南に位置する時（北半球では日照時間（昼）が最短で、夜が最も長くなる）魔除け・金運・無病息災を祈る

コロナ禍で　冬至のカボチャ　柚子風呂は　前者冷凍　後者スーパーへ

49,931　2022.12.23　朝日新聞社説：原発政策の転換〜熟議なき復権認められぬ（1）

拙速と　すり替え横行　ガラパゴス　安全は馬鹿の　一つ覚えぞ

49,932　2022.12.23　朝日新聞社説：原発政策の転換〜熟議なき復権認められぬ（2）

数々の　疑問置き去り　反省なし　ただひたすらに　猪突猛進

49,933　2022.12.23　朝日新聞社説：原発政策の転換〜熟議なき復権認められぬ（3）

事故の　惨禍教訓　忘れたか　ロシア原発へ　ミサイル発射

49,934　2022.12.23　朝日新聞ひと：おしゃれな白衣を医師に届けるアパレル社長（大和　新さん42歳）スーツのような仕立てで医療現場に新風を吹き込んでいる

学園祭　デザインで付加価値　実体験　今は白衣の　医療

現場に

49,935　2022.12.23　NHK BSプレミアム：サイエンスZERO（科学する心を伝えたい）〜超過酷"極限環境"で1億年以上、貧栄養で生きた微生物（超高温・超高圧・超酸性など、想像以上に過酷な極限状態で、生きる微生物も続々と発見）サバイバルレースとは、困難や危険な状況下で、生き続ける競争のこと（地球上では全ての生き物が、このレースに勝ち残るも、絶滅危惧種も続出）

太古から　生き抜いてきた　微生物の　サバイバルレース　生命とは何か

49,936　2022.12.23　テレビ東京：ローグRogue（2020年南アフリカ・英制作106分）主演ミーガン・フォックス（サムをリーダーとする傭兵部隊が、誘拐された政治家の娘を救出するため南アフリカへも、テロリストに襲われる）

密猟者の　ライオン繁殖　廃墟へと　ライオン襲い　テロリスト迫る

49,937　2022.12.23　峰月苦言：デカルトの言葉を引用「我思う、故に苦言あり」

JOC　安く見せてと　言い寄った　検査院認定　五輪中止を

49,938　2022.12.24　朝日新聞社説：来年度予算〜後世に禍根を残すのか

この大きな　過ち是正　国民の　代表である　国会の責務

49,939　2022.12.24　朝日新聞社説：防衛費の膨張〜精査な

‖‖·‖·‖·‖‖‖·‖·‖·‖‖·‖·‖·‖·‖·‖·‖·‖·‖·‖·‖·‖·‖

ふりがな お名前		明治　大正 昭和　平成　　年生　　歳	
ふりがな ご住所	□□□-□□□□	性別 男・女	
お電話 番　号	（書籍ご注文の際に必要です）	ご職業	
E-mail			
ご購読雑誌（複数可）		ご購読新聞	新聞

最近読んでおもしろかった本や今後、とりあげてほしいテーマをお教えください。

ご自分の研究成果や経験、お考え等を出版してみたいというお気持ちはありますか。

ある　　　ない　　　内容・テーマ（　　　　　　　　　　　　　　　　）

現在完成した作品をお持ちですか。

ある　　　ない　　　ジャンル・原稿量（　　　　　　　　　　　　　）

書　名						
お買上 書　店	都道 府県	市区 郡	書店名			書店
			ご購入日	年　　　月　　　日		

本書をどこでお知りになりましたか?
　1.書店店頭　　2.知人にすすめられて　　3.インターネット(サイト名　　　　　　　)
　4.DMハガキ　　5.広告、記事を見て(新聞、雑誌名　　　　　　　　　　　　　　　)

上の質問に関連して、ご購入の決め手となったのは?
　1.タイトル　　2.著者　　3.内容　　4.カバーデザイン　　5.帯
　その他ご自由にお書きください。
　(　　　　　　　　　　　　　　　　　　　　　　　　　　　　　　　　　　　　　)

本書についてのご意見、ご感想をお聞かせください。
①内容について

－－
②カバー、タイトル、帯について

弊社Webサイトからもご意見、ご感想をお寄せいただけます。

ご協力ありがとうございました。
※お寄せいただいたご意見、ご感想は新聞広告等で匿名にて使わせていただくことがあります。
※お客様の個人情報は、小社からの連絡のみに使用します。社外に提供することは一切ありません。

■書籍のご注文は、お近くの書店または、ブックサービス(☎0120-29-9625)、
セブンネットショッピング(http://7net.omni7.jp/)にお申し込み下さい。

き大盤振る舞い

　このままでは　幅広い民の　理解なし　能無し首相　辞職
勧告

49,940　2022.12.24　朝日新聞ひと：廃材や不要物で絵を描
きながら旅するエコアーティスト（綾海さん26歳）長崎県
の高校を卒業してグラフィックデザインを学んで就職した
が、絵を描く時間がなくて1年で辞めた（不要物で絵に新
しい命を）

　見たい人と　100年後の　未来を　考えれる　作品に挑む

49,941　2022.12.24　めんそーれ！　化学〜おばあと学んだ
理科授業（盛口　満著：岩波ジュニア新書）2018年第1刷、
［11時間目］蛋白質を探る（小麦粉からガム）③化学肥料の
発明（蛋白質を分解するとアミノ酸になり、これにはうま
味がある）空気中の窒素を利用できるのは、窒素固定細菌
で、マメ科の根には根粒菌があり、窒素肥料を付与するの
で、窒素肥料は控え目に施肥

　最近は　化学工業の　進歩で　あらゆる肥料　工場生産

49,942　2022.12.24　めんそーれ！　化学〜おばあと学んだ
理科授業（盛口　満著：岩波ジュニア新書）2018年第1刷、
［12時間目］牛乳の不思議（コロイド）①「とけている」と
「混ざっている」（液体にあるものを混ぜた場合に、透明に
なると溶けたて溶液という）混ざった場合、沈殿が起こる
のは重い、沈殿が起こらないのは軽い

　ドングリの　苦味成分　茶色にて　何度も水替え　アク抜

き大事

49,943　2022.12.24　フジテレビ（テレビ静岡）：テレビ寺子屋〜親子関係をアップデート（教育評論家：親野智可等）親子衝突の主原因は「価値観の違いとコミュニケーション不足」（共感的・民主的な言葉で、親子関係をアップデートしませんか）

親は　ゲームは悪　子どもは　友達との会話　価値観の相違

49,944　2022.12.24　NHKテレビ：さわやか自然百景〜選 あきる野の丘陵（東京都多摩地域西部に位置するあきる野市は、面積73.4㎢・2022年11月1日の推定人口は78,907人）秋の丘陵地には生き物であふれ、夜の谷に響き渡る虫の音（トンボはトンボ目の昆虫の総称、チョウはチョウ目のガ以外の昆虫の総称）

丘陵に　刻まれた谷の　湿地では　産卵のトンボ　冬越しチョウも

49,945　2022.12.24　NHKテレビ：小さな旅〜特集 彩りの四季 ①春は南高梅の1本の母樹を守る農家、②夏は北海道の小さな島で漁師を目指す高校生、③秋は琵琶湖につながる小湖で自生の葦刈りからの屋根葺き職人、④冬は北アルプスでの厳しい生活の家族（④を紹介 長野県北部の小谷（おたり）村は面積267.9㎢・2022年11月1日の推定人口は2,548人）日本有数の豪雪地帯でスキー場が多い

この村は　支え合う暮らし　絆あり　ふるさとの心で　ス

キー客と接す

49,946　2022.12.24　NHK BSプレミアム：名曲アルバム（世界の名曲を、美しい映像とともに）〜きよしこの夜（フランツ・グルーバー作曲）オーストリアの作曲家・オルガニスト1787－1863年（皆で歌えるクリスマス・キャロルを思案中に、作詞はヨゼフ・モール1792－1848年が担当し、2011年にオーストリアの世界無形文化遺産に登録）演奏時間は2分21分

　この歌を　作ったと言われる　教会は　ウィーン西方　ザルツブルクに

49,947　2022.12.24　峰月苦言：デカルトの言葉を引用「我思う、故に苦言あり」

　ミャンマー人　難民鎖国　日本へ　優秀人材　やがて橋渡し

49,948　2022.12.25　朝日新聞社説：学術会議改革〜短兵急は根幹揺るがす

　社会の　課題解決　政策の　立案つながる　提言発信を

49,949　2022.12.25　朝日新聞社説序破急（じょはきゅう）：コロナに紛れ、広がる梅毒（序破急とは、自己愛が呼ぶ破滅の足音）

　抗菌薬　耐性株が　出現し　性感染症　戦争蔓延

49,950　2022.12.25　朝日新聞：日曜に想（おも）う〜津田梅子が2人いれば

　東工大　女子枠拡大　唐突だ　欧米調査　これがベースだ

49,951 2022.12.25 めんそーれ！ 化学〜おばあと学んだ
理科授業(盛口 満著：岩波ジュニア新書)2018年第1刷、
[12時間目]牛乳の不思議(コロイド)②牛乳からチーズを
作る(牛乳には、蛋白質・脂肪・カルシウムなどが含まれ
ており、まず蛋白質をレモン汁で固めるカッテージチーズ
(発酵させる前のチーズ))次は脂肪で、残った液体を瓶に
入れて10分ほど振ると塊ができるが、これがバター

**牛乳は 濁った状態 混ざってる これはコロイド これ
らを分離**

49,952 2022.12.25 NHK BSプレミアム：サイエンスZERO
(科学する心を伝えたい)〜脈動オーロラに挑む大観測！
(脅威のキラー電子に迫れ)同じ場所で光ったり消えたりを
繰り返す脈動オーロラ(このキラー電子は、人工衛星の故
障の原因となり、宇宙の安定利用に貢献する観測が進む)

**この現象 キラー電子が 地球へと これにロケット 打
ち込み観測**

49,953 2022.12.25 NHKテレビ：全国高等学校駅伝競走大
会(女子は第34回、男子は第73回)女子は初優勝で、長野
県の長野東1：07：37、準優勝は宮城県の仙台育英1：07：
51(男子は4年ぶり3度目優勝で、岡山県の倉敷2：01：10
(大会新)、準優勝は長野県の佐久長聖2：01：57(大会新))

女子は 長野東で 初なりて 男子倉敷 3度目なりし

49,954 2022.12.25 クリスマス：イエス・キリストの生誕
を祝う日で、降誕祭ともいう(24日のクリスマス・イブは

降誕祭前夜をいい、クリスマス・ツリーを飾り、子どもた
ちはサンタクロースのプレゼントを心待ちにし、25日の
朝に受け取る）

**何もない　何もしない　クリスマス　ただ心だけが　除夜
の鐘へと**

49,955　2022.12.26　朝日新聞社説：五輪検査報告〜全体像
は不明のままだ

法制度　整備を含め　検証は　東京五輪　徹底検証

49,956　2022.12.26　朝日新聞社説：ツイッター買収〜公共
的な役割自覚せよ

**世界で　２億人が　このサービス　利用荒廃は　弱点と汚
点**

49,957　2022.12.26　朝日新聞ひと：君は昨日の君に勝った
と受験生を励ます塾社長（斎藤勝己さん58歳）全国に250超
の教室を展開（個別指導塾のパイオニア的存在の東京個別
指導学院の社長）

講師は　バイトの学生　塾生は　小中高生　互いに成長

49,958　2022.12.26　めんそーれ！　化学〜おばあと学んだ
理科授業（盛口　満著：岩波ジュニア新書）2018年第1刷、
［13時間目］油は油と混ざる（油の仲間調べ）①油クイズ
（アブラには、油と脂があり、常温で液体なのが油と固体
なのが脂で、前者は植物性の油脂には油が多く、後者は動
物性の油脂には脂が多い）バターの代用品のマーガリンは、
動植物性の油脂を水素などで加工して作る

水素を　人工的に　結びつけた　トランス脂肪酸　健康に
悪いと

49,959　2022.12.26　NHK Eテレ：視点・論点（第一線からの
言葉）〜デジタル化で働き方はどう変わる？（神戸大学教
授：大内伸哉）現在は、第4次産業革命の中におり、社会
的にはSociety 5の超スマート社会の中にいる（肉体労働は
ロボットで、知的情報処理はAIにまかせるステージにい
る）機械との競争に立ち向かって、危機意識を持った対応
が不可欠（独創性を有するデジタル技術者が少なく、環境
問題に対応可能な人材が不足がする）

課題は　予測可能で　解決す　下手な対応　おいてきぼり
に

49,960　2022.12.26　峰月苦言：デカルトの言葉を引用「我
思う、故に苦言あり」

海自の　特定秘密　漏洩の　国会審議　早急開始を

49,961　2022.12.27　朝日新聞社説：不妊処置問題〜真相解
明と実態把握を

子育てを　制度工夫で　可能にし　支援のあり方　これを
急げよ

49,962　2022.12.27　朝日新聞社説：生態系を守る〜実効あ
る対策で未来へ

生態系　利益を受ける　企業あり　施策の強化　これが
ベースだ

49,963　2022.12.27　朝日新聞かたえくぼ：NISA年360万円

まで「年収より多いじゃないか」庶民（京都・狼藉者）

NISAニーサは、少額投資非課税制度（将来の公的年金の減額を見据えた政府の浅知恵）

年金を　100年安心　のたもうた　公明大臣　虚偽答弁

49,964　2022.12.27　朝日新聞ひと：高校サッカー指導者からJ2監督に転身する（黒田　剛さん52歳）青森山田高校を強豪に育てた手腕を買われ、来季からJ2町田

プロで　何処まで通用　高校の　経験踏まえ　先陣（せんじん）切りたい

49,965　2022.12.27　NHK BSプレミアム：ザ・プロファイラー（人物紹介作家）〜夢と野望の人生（20世紀最高のバレリーナ）マイヤ・プリセツカヤ1925 − 2015年は、政治が人々を抑圧する母国ソビエトで、自由に踊れるように求めた（「奴隷になりたくない」、「自分の運命は自分が決める！」との信念を貫いた）

粛清で　父母は投獄　本人は　常時監視下　自由を求め

49,966　2022.12.27　NHK Eテレ：視点・論点（第一線からの言葉）〜企業の農業参入の意義（東京農業大学教授：渋谷往男）2003年から試験的農地リース特区へ参入（ゼネコンやスーパーなどが農業に参入し、2022年にはリース方式に4,000社）今後の増加理由は、①withコロナ下での経験から学んだ、②農地の余剰傾向、③利益が得られる産業として評価、④国際的農業環境の変化など

所有と　経営分離　参入可　障壁なくても　コロナ下で半

減

49,967　2022.12.28　朝日新聞社説：秋葉大臣更迭〜政権運
営への反省こそ

　独善の　人事発令　発覚し　渋々更迭　国民監視

49,968　2022.12.28　朝日新聞社説：中国とコロナ〜情報公
開と対策の両輪で

　政権の　体面ではなく　国民の　健康第一　へ忘れてター

49,969　2022.12.28　朝日新聞ひと：病院副院長から子ども
ホスピスに転じた看護師（伊藤清子さん64歳）41年の看護
師人生の半分以上を、小児がんなど病と闘う子どもたちの
看護に従事（横浜市金沢区に昨年開設されたホスピスのス
タッフに）

　問いとも　向き合って　看護する　病と闘う　子らを支え
ると

49,970　2022.12.28　めんそーれ！　化学〜おばあと学んだ
理科授業（盛口　満著：岩波ジュニア新書）2018年第1刷、
［13時間目］油は油と混ざる（油の仲間調べ）②石油の仲間
（石油の種類には、揮発油・灯油・軽油・重油などがある）
石油の成分は炭素と水素で、炭化水素といい、単純なつく
りの石油（炭化水素は、炭素原子1つに水素原子4つがくっ
ついた化学式はCH_4で、石油の仲間のメタン）

　炭素の数　少ない石油は　ガス状で　数が増えると　常温
液体

49,971　2022.12.28　NHK BSプレミアム：ヒューマニエン

ス Humanience40億年の企(たくら)み(人間らしさの根源
を、科学者は妄想する)クエスト Quest 糖〜おいしさの秘
密(人類にとって禁断の実)甘いものを嫌いな動物はいない
(糖は自然界で異質な食性)他の動物は、体内に必要な分だ
け糖を生成し、その危険を回避できる(血中に、糖が多す
ぎると糖化反応(澱粉などを酸や酵素の作用でブドウ糖な
どの糖類にまで変化))ブドウ糖がなくなると脳細胞は5分
で死ぬ

**甘いもの　炭水化物は　体内で　ブドウ糖になり　糖化反
応**

49,972　2022.12.28　NHKテレビ：イッピン〜選　しなやかに、
逞(たくま)しく(復帰50年・沖縄の工芸　その奇跡)①ガラ
ス工芸は伝統がなく、かえって斬新な技法、②染め物・紅
型(びんがた)は、沖縄の技法で表現の可能性を拡大(紅型
は型紙1枚で多彩な色挿しとぼかしの技法)、③焼き物は、
次行を参照

焼き物は　公害という　新たなる　問題発生　作風挑戦

49,973　2022.12.28　NHKテレビ：歴史探偵(今夜も歴史の謎
が解き明かされる)正岡子規1867－1902年はSNSの元祖
だった?(昔の俳句は、卑俗陳腐!　炎上覚悟、子規の挑
戦)明治期、愛媛県生まれの俳人(知られざる世界を徹底分
析)

調査や　分析・実験　子規の謎　一大革命　明治版SNS

49,974　2022.12.28　NHK Eテレ：視点・論点(第一線からの

言葉）〜ビジネスでアフリカの成長の戦略（戦略コンサルティング会社　社長：武藤康平）サハラ砂漠以南の人口は2030年に14億人（2050年20億人）①ウガンダではバイクタクシーが、増加し、運賃の電子決済や運転者の保険加入の増加で利用客も増大、②ナイジェリアの農業テック企業では、トラクターなどのシェア利用が拡大（当社では造船企業とタイアップして、農機具の輸出に貢献し、現地の若者に大人気）

アフリカの　次の20年　30年　綿密予測　戦略遂行

49,975　2022.12.29　朝日新聞社説：特定秘密漏洩〜組織の体質が問われる

両院に　情報公開監視　審査会　機能せずに　さらにポーズのみ

49,976　2022.12.29　朝日新聞社説：ウクライナ支援〜侵略許さぬ、結束を息長く

ロシアの　ノーベル平和賞　受賞者　侵略者は負けると

49,977　2022.12.29　朝日新聞ひと：日本民間放送連盟賞ラジオ部門のグランプリを受賞した（夏目浩光さん55歳）愛知県出身、大阪芸術大学放送学科へ（テレビやラジオでニュース原稿を読みながら、取材するアナウンサーになった）

ラジオは　生の声で　顔見えぬ　マイク一本で　向き合い続け

49,978　2022.12.29　NHK BSプレミアム：桃源紀行〜選

シュプレーヴァルト(ドイツ国東部とポーランド国境に接して所在するシュプレーヴァルト郡は、20近い村が散在する水の里で、水路網は先人たちが苦労して完成させ、現在は水路ごとに管理人が任命)その総延長は、1,000km(緑のベネチアと称され、初夏から秋は多くの観光客)家は小舟の発着・荷下ろしや荷積みに、都合良く配置

小舟で　水路の周遊　午後からは　子供の操船　訓練もあり

49,979　2022.12.29　NHK Eテレ：趣味の園芸〜やさいの時間 選 プランター栽培(カイワレ)アブラナ科で、芽が出て7日目から窓際で日光に当てるか、波長が太陽光に近いLEDの栽培用照明で栽培(カイワレはキッチンペーパーを容器の底の形に切り、数枚重ねて入れ、水を入れて除菌)種子は重ならないように播く(芽が出たら1日に3回、水で根を洗うように水替えし、3回目の水を少し残す)貝割れ葉の略称

カイワレの名　二葉が開く　その様が　貝の煮炊き時　開くに似たり

49,980　2022.12.29　NHK Eテレ：趣味の園芸〜京も一日陽だまり屋(マスデバリア)　三角つーん(ラン科で、これからも注目の洋ラン)主に南米のアンデス山脈の標高1,500m以上の高地に自生(品種は、リン・シャーロック、ゴールデン・タイガ、ビーチアナなど)花言葉は想いやり

小型で　15cm　草丈で　鉢に数株　暑さに強し

49,981　2022.12.29　NHK Eテレ：趣味の園芸〜冬に輝く！キクの仲間たち（丈夫な花々で冬を彩る）マーガレット・サイネリア・ノースポール・キンセンカはすべてキク科（これらの花言葉は、真実の愛、喜び・いつも快活、誠実・高潔）

軒下の　日当たりよい　戸外にて　冬も開花で　液体肥料を

49,982　2022.12.29　NHK BSプレミアム：名曲アルバム〜4手（よんしゅ）のためのピアノ・ソナタ二長調K.381（新番号K.123a）アマデウス・モーツァルト作曲（オーストリアの作曲家1756 − 91年）ウィーン古典派の三巨匠の1人（16歳時に生誕地のザルツブルクで作曲し「イタリア風のシンフォニアを4手に編んだような曲」と称された）シンフォニアとは、バロック期のオペラ・カンカータなどの導入部に奏でられる器楽曲（全3楽章で、総演奏時間は約15分）

草稿を　姉が持っており　姉弟の　連弾のため　新番号も

49,983　2022.12.29　峰月苦言：デカルトの言葉を引用「我思う、故に苦言あり」（大甘の国会議員は保身のみで、3年後には少子化により定数半減して、米国並みに）

あるまじき　所業にて　辞任した　公民権停止　ヘ5年が3年

49,984　2022.12.30　朝日新聞社説：関電不正閲覧〜ルール軽視が目に余る

他社の　顧客情報　不正なる　閲覧非常識　横行許すな

49,985　2022.12.30　朝日新聞社説序破急（じょはきゅう）：
音楽・舞踊などの3区分で、序と破と急、または①初め、
②中（なか）、③終り、ウェルビーイングとトー横（新宿・
歌舞伎町の通称「トー横」には、居場所がない子どもなど
が集まる）ウェルビーイングとは、米語で「心身の健康と
幸福」の意

先生や　自治体保護者　この言葉　しっかり認識　寄り添
うから

49,986　2022.12.30　めんそーれ！　化学～おばあと学んだ
理科授業（盛口 満著：岩波ジュニア新書）2018年第1刷、
［13時間目］油は油と混ざる（油の仲間調べ）③油と油は仲
がいい（非金属の代表の1つが油で、水とは仲が悪く、油
とは親和性が高い）有機水銀は、水銀が油の仲間とくっつ
いた状態になっており、体内に取り込まれると体内の脂質
とくっついて、体外へ出ていかなくなる

海起源　生命は水と　親和性　体内のものを　油膜で被覆

49,987　2022.12.30　めんそーれ！　化学～おばあと学んだ
理科授業（盛口 満著：岩波ジュニア新書）2018年第1刷、
［14時間目］石鹸を作ろう（油とアルカリ）①廃油石鹸づく
り（水酸化ナトリウムは強アルカリで、蛋白質をとかす）

廃油と水　水酸化ナトリウム　計量し　作業手順　石鹸完
成

49,988　2022.12.30　めんそーれ！　化学～おばあと学んだ
理科授業（盛口 満著：岩波ジュニア新書）2018年第1刷、

［14時間目］石鹸を作ろう(油とアルカリ)②油とアルカリ
(アルカリは水と仲が良くでき、石鹸は水と油の両方と仲
良く)

　**石鹸は　汚れにくっつき　剥がれて　水とともに　流し去
られる**

49,989　2022.12.30　めんそーれ！　化学〜おばあと学んだ
理科授業(盛口　満著：岩波ジュニア新書)2018年第1刷、
［15時間目］化学は「もの」の学問(暮らしの知恵との関
わり)①食べ物の色(動植物は色素を持っているものが多
い)これらを色素として製品化し「食べ物の見た目を良く
する」ために着色するケース多い

　**合成の　色素の中には　アレルギー　関連性で　疑問の声
も**

49,990　2022.12.30　めんそーれ！　化学〜おばあと学んだ
理科授業(盛口　満著：岩波ジュニア新書)2018年第1刷、
［15時間目］化学は「もの」の学問(暮らしの知恵との関
わり)②化学は「もの」の学問(食品添加物には、色々なも
のがあり、合成保存料もそのひとつ)冷蔵庫があり、食品
には賞味期限も表示してある素として製品化し「食べ物の
見た目を良くする」ために着色するケースが多い

　**理科の中　化学の分野が　中心で　「もの」の学問　生活
直結**

49,991　2022.12.30　めんそーれ！　化学〜おばあと学んだ
理科授業(盛口　満著：岩波ジュニア新書)2018年第1刷、

あとがき(沖縄の夜間中学で化学を教えることになった著者)生徒の多くは、戦争で学校へ行けなかった(「めんそーれ」は「いらっしゃい」の意)化学式や計算ではなく、料理から楽しい授業であった

おばあたちの　目から鱗が　落ちました　その後それぞれの　道で活躍

49,992　2022.12.30　峰月苦言：デカルトの言葉を引用「我思う、故に苦言あり」

コロナ死者　最多ペースで　増加する　これに追い打ちインフルエンザ

49,993　2022.12.31　朝日新聞社説：年ごとの記憶〜奇跡の湖の地層で考える(1)

若狭にある　奇跡の湖の　地層には　7万年の　年ごと記憶

49,994　2022.12.31　朝日新聞社説：年ごとの記憶〜奇跡の湖の地層で考える(2)

今年は　ひどく情けない　1年で　綺麗な年縞　来年こそは

49,995　2022.12.31　NHK BSプレミアム：美の壺〜選 千変万化の輝き(File 522)宝塚歌劇団の娘役は、アクセサリーを手作り　①フランスの技で作る味噌汁や日本酒も、新感覚のブローチに、②昭和レトロのビーズのバッグ、③日本は世界有数のガラス製ビーズの生産国(美のツボは、①一粒をつないで、笑みこぼれる、②その輝きが世界を魅了す

る、③和と洋を結ぶ架け橋）

ガラス玉　千変万化の　輝きは　心ゆくまで　工夫を重ね

49,996　2022.12.31　NHK BSプレミアム：美の壺〜選 伝統を味わう蕎麦（そば）File 528（蕎麦はタデ科）①繊細で、革新的な十割（とわり蕎麦粉100％）の更級蕎麦、②出雲蕎麦に衝撃を受けた職人が極めた十割蕎麦、③長野の伝統の竹カゴで頂く湯じ蕎麦（とうじそばといい、蕎麦を熱いツユに付けて食べる）、④蕎麦猪口（そばちょこ）を500個集めた収集家のおもてなし（美のツボは、①二八で味わう蕎麦の味、②こだわり貫く黒と白、③趣向をこらし、振る舞う）

大晦日　年越し蕎麦で　今年も　矢のごとくにて　また来年も

49,997　2022.12.31　大晦日（おおみそか）：1年の最後の日で、月末を晦日（みそか）といい、1年の最後の日を大晦日という（年越しそばを食べて長寿を願う）

富山と　練馬の孫たちが　お年玉　少し奮発　大喜びす

49,998　2022.12.31　除夜の鐘（じょやのかね）：この日は除夜といい「夜を除く」つまり眠らないという意で、正月神を迎えるために、身を清め、終夜眠らずに過ごす

最近は　除夜の鐘は　テレビにて　神社仏閣　様変わりせし

49,999　2022.12.31　NHK BSプレミアム：ヒューマニエンス Humanience 40億年の企（たくら）み絶滅と進化のインパクト（人間らしさの根源を、科学者は妄想する）クエスト

Quest ～ヒトを知る　退化論（退化はもう1つの進化論）40億年をかけて進化したヒトの肉体は、それは退化への連続でもあった（多くは、その生命プログラムを維持し、脳は新たな進化への準備中との知見も）男の小さな2つの乳首は、果たして退化器官か（最近、男の肥満は中性化といわれている）

退化器官　不必要になり　機能なし　退化を脳が　次の進化に

50,000　2022.12.31　五万首到達、次は六万首へ挑戦（人生の大半をかけたライフワークの短歌に、様々な活動が加わり「忘れる以上に、脳に詰め込み主義を貫いてきた」が、忘れる暇もなく、ボケ防止につながってきたと自認）

短歌が　ライフワークに　60有余年　五万首到達　さらに六万首

〖閑話休題〗：ここでは、鯉の（丹頂（たんちょう））について記述する。本格的に複数の金魚を飼ったのは退職後からで、金魚がいなくなってから、近くの養鯉場から2匹の鯉を求め、飼ったが、小さい方の赤と黒のまだらの鯉は、数カ月後になくなり、件（くだん）の丹頂は、元気である。丹頂の名は、特別天然記念物の丹頂鶴（たんちょうづる）のように、頭部に丸い緋斑が大小2つあった。インターネットで調べたところ、業界では、緋斑の位置と濃さ・丸さ・大きさなどにより、値段が決まるとあった。

水槽は、容量35.5リットル（長さ58cm×高さ34cm×幅18cm）で、水は、高さの1/3程度にしてきた。2011（H23）年3月11日の東日本大震災時も1/3程度であった。集合住宅5階（14階建て）が揺れた時、水槽の水面を見ていたが、床にはこぼれず、事無きを得た。テレビでは、水槽から床にこぼれた水が、階下に被害を及ぼしたとの報道もあった。

　水替えは、1週間に1回で、1カ月に1回水草を、金魚屋から購入し、水草はアマゾンソードで、3束を1,500円で購入していたが、高価なので次のような試みをした。小さな容器7つはプラスチック製の容器が5つと丹頂を入れる小バケツと焼酎4リットル入りの容器の上部を切り取ったもので、5つの容器はエチオピアのODA調査時に蒸発量調査のため自費で購入し、持ち帰った。その後JICAの筑波研修センターでの、海外実習生の野外実習にも使用した後、自宅での金魚や鯉の水替えに使用している。

　それぞれの容器に食塩を、大さじ1杯を分けて入れ、水道水を小出しにして、約1時間で7つの小容器を80%の水で満たす。まず水草を水槽から取り出し容器に入れる。次に小バケツに丹頂を入れ、平皿を蓋にして覆う。約4時間後に、水槽の古い水を焼酎4リットル入りの容器にすくい入れ、3回ほど風呂場で流し、最後の水は草花の潅水に使用する。水槽はタワシでみがいて、風呂場に運び、水道水で洗う。水槽を元の位置に戻し、ベランダに置いていた容器の水を水槽に入れ、水草の容器、小バケツの丹頂を入れて、水槽の内上部の水滴

を雑巾で拭き取る。水草は見事に繁茂し、水槽の80％を占める。1匹の丹頂には有り余る程の酸素と水草の供給で、益々元気。この元気を自分もいただいている。少しの食塩で大繁茂し、試みは大成功。愛好者の方々に、お勧めしたい。水槽は窓際で約40cmの台に乗せ、太陽光が少し入ることが欠かせない。』

4-2-2 各編2022年版12月の後半月分の事例（抜粋あり）

　前述の本編50,000首は、12分野に分けた場合、重複もあって83,302首(1.67倍)となり、各編の一冊の厚さも1.67倍になる。

⑴各編2022年版についての事例紹介

　前掲のように本編の2022年版は3,261首と膨大であり、12分野に分割し、分野が重複することを考慮すると、各編2022年版は約550ページとなり、さらに膨大となる。ここでは前項の本編の12月15日から同月31日までの138首(4.2％)を事例として、分野別に振り分けたが、ボリュームの多い分野は、筆者が抜粋し、紹介した(別紙4221、p105参照)。

⑵各編の特徴と今後の活用法

　12分野は、読者諸氏の好みにより、選択して読むことができるが、12分野を各編として1冊にして製本したため、さらに分冊化した方が、使い勝手がよいことは分かっている。例えば、健康編を分冊にすれば、入院中の方々の病状などに関する短歌を読むことが可能で、基礎的な医学用語も入って

いるので、医学を志す受験生にも好都合であると思量する。また、他の11分野についても、それぞれの用途や趣味により、利活用できるよう対応したい。なお、読後感編、新聞編、テレビ番組編は首数も多く、細分化や年割などの分割する方法も考えられるが、2023(R05)年以降の課題とする。

〚閑話休題：ここでは、鼻血について記述する。起床時に鼻をかむと、血糊(のり)や血の塊が出るので耳鼻咽喉科を受診した。鼻の先には毛細血管があり、これが破れて出血するので、顔を下に傾け、鼻先端部分の凹みを親指と人差し指で15分程つまむと止血する。鼻の中を絶対にいじってはダメ。

　薬局で「コットン球(綿球)」を販売しているので、1日に何回でも取り替えを指示された。インターネットで鼻血を検索すると「繊維質の野菜は、粘膜や皮膚をつくる」とあった。

　早速、白菜を買い求め、湯がいて酢(す)醤油で食したところ2日で止血した。要するに野菜不足であった。枕をさらに高くし、顔は少し下向きにの指示で、数日後に両足が浮腫(むく)み出した。12年間も血栓症の薬を飲んだことを考え、枕を元の高さに戻すと、浮腫みもなくなった。〛

別紙4221　各編2022年版12月の後半月分の事例で抜粋あり

〔各編の表紙の例〕

（本編は別冊）

万 歌 集
各 編
（2022 年版）

2022.01.01 ～ 2022.12.31

（各編は 2022.12.15 から同 12.31 までとし、分野によっては抜粋あり）

2022(壬 寅)年 12 月 31 日

歌詠子：坂本 宣美 （号：峰月）

はじめに（本編と同じのため省略）

１．歌集名（本編と同じのため省略）
２．歌詠法（本編と同じのため省略）
３．表示法と刊行（本編と同じのため省略）
４．各編
　この万歌集の各編は、12カ月の本編を各月、次の12分野
に区分し、好みの分野を読めるように編集した。2009年版
は本編と各編は合本で、2010年版から分冊化した。
⑴　読後感編：購入本や図書館の本などの読後感に関する短
　　歌
⑵　新聞編：朝日新聞の社説や「ひと」などに関する短歌
⑶　テレビ番組編：NHK（DVDを含む）を中心とした番組な
　　どに関する短歌
⑷　歳時編：行事、身のまわりの出来事、時節などに関する
　　短歌
⑸　海外編：外国関係の事柄に関する短歌
⑹　音楽編：音楽、民族芸能および演奏会などに関する短歌
⑺　美術編：世界文化遺産（世界無形文化遺産を含む）、絵画、
　　工芸などに関する短歌
⑻　健康編：病気、薬草、暮らしなどに関する短歌
⑼　名所旧跡編：世界自然遺産、名所、名峰、神社仏閣など
　　に関する短歌
⑽　スポーツ編：スポーツ、釣り、登山などに関する短歌

⑾　園芸編：野菜や花卉などの園芸に関する短歌

⑿　映画編：邦画および洋画などの映画に関する短歌

５．各編の通し番号（次表の太字は各分野の１２月末の最終
番号を示し、合計数は83,302首）

区　分	2021 年版(2021.12.31 まで)	2022 年版(2022.01.01～12.31)
	第 0001 首～第 10,904 首	第 10,905 首～第 11,484 首
1.読後感編	0001～15,204	15,205～16,411
2.新聞編	0001～17,594	17,595～18,673
3.テレビ番組編	0001～4,744	4,745～5,217
4.歳時編	0001～6,655	6,656～6,896
5.海外編	0001～2,530	2,531～2,673
6.音楽編	0001～2,997	2,998～3,169
7.美術編	0001～5,986	5,987～6,174
8.健康編	0001～3,954	3,955～4,073
9.名所旧跡編	0001～1,539	1,540～1,633
10.スポーツ編	0001～2,139	2,140～2,308
11.園芸編	0001～4,334	4,335～4,591
12.映画編		

(1) 読後感編：事例紹介する期間は12月15日から12月31日までとして、購入本や図書館の本などの読後感に関する短歌で、歌詠開始から2022年12月31日までに、205冊（1冊から1首または数首は除く）を歌詠した。後掲の「11484　2022.12.30　めんそーれ！　化学～おばあと学んだ理科授業（盛口 満著：岩波ジュニア新書）2018年第1刷、あとがき」が最後で、前月の11月26日から目次に沿って歌詠した。

11,468　2022.12.16　めんそーれ！　化学～おばあと学んだ理科授業（盛口 満著：岩波ジュニア新書）2018年第1刷、［9時間目の③］砂糖の仲間（カロリーゼロの秘密）③デンプンの分解物（自分の子が芽を出す時のために蓄えた栄養分）デンプンはブドウ糖が集まったもので、分解されると、最終的には水と二酸化炭素になる

分解物　アルコールを得て　酒造り　手助けするは　麹と酵母

11,470　2022.12.18　めんそーれ！　化学～おばあと学んだ理科授業（盛口 満著：岩波ジュニア新書）2018年第1刷、［10時間目の①］砂糖の仲間（コンニャクを作る）②マンナンとセルローズ（コンニャク（サトイモ科）のイモには、マンナンと呼ばれる炭水化物がある）これは動物などは食べないが、人間は加工してコンニャクを作り出した（マンナンは、人間が食べても消化しないので、カロリーはなし）

デンプンはα（アルファ）グルコースがつながったもので食用となる

消化不可　食物繊維の　セルロースで　βグルコース　木質と同じ

11,471　2022.12.18　めんそーれ！　化学〜おばあと学んだ理科授業(盛口 満著：岩波ジュニア新書)2018年第1刷、［10時間目の②］砂糖の仲間(コンニャクを作る)③コンニャクの思い出(コンニャクイモは、生食は不可で、蓚（しゅう）酸などのあくが含まれており、石灰を入れて「あく味」をなくする)

石灰は　コンニャク製造　漆喰に　固形黒砂糖　これもそうなり

11,472　2022.12.22　めんそーれ！　化学〜おばあと学んだ理科授業(盛口 満著：岩波ジュニア新書)2018年第1刷、［11時間目の①］蛋白質を探る(小麦粉からガム)①樹液の味(シラカバ(カバノキ科)やサトウカエデ(カエデ科)の樹液の甘味はわずかだが、煮詰めることでシロップができる)樹液を多く採ると枯れることもあり

光合成　糖分を作り　デンプンや　セルロースに　変換しおり

11,473　2022.12.22　めんそーれ！　化学〜おばあと学んだ理科授業(盛口 満著：岩波ジュニア新書)2018年第1刷、［11時間目の②］蛋白質を探る(小麦粉からガム)②小麦粉からガム(ガジュマル(クワ科)の白い樹液を煮詰め、粘着

性のあるものをガムに)小麦粉の白い粉を洗い流して、グルテン(蛋白質)を集めガムの代用に

小麦粉の　グルテン加工　麩ができる　味噌汁に入れ　蛋白質増

11,474　2022.12.24　めんそーれ！　化学～おばあと学んだ理科授業(盛口 満著：岩波ジュニア新書)2018年第1刷、[11時間目の③] 蛋白質を探る(小麦粉からガム)③化学肥料の発明(蛋白質を分解するとアミノ酸になり、これにはうま味がある)空気中の窒素を利用できるのは、窒素固定細菌で、マメ科の根には根粒菌があり、窒素肥料を付与するので、窒素肥料は控え目に施肥

最近は　化学工業の　進歩で　あらゆる肥料　工場生産

11,476　2022.12.25　めんそーれ！　化学～おばあと学んだ理科授業(盛口 満著：岩波ジュニア新書)2018年第1刷、[12時間目] 牛乳の不思議(コロイド)②牛乳からチーズを作る(牛乳には、蛋白質・脂肪・カルシウムなどが含まれており、まず蛋白質をレモン汁で固めるカッテージチーズ(発酵させる前のチーズ))次は脂肪で、残った液体を瓶に入れて10分ほど振ると塊ができるが、これがバター

牛乳は　濁った状態　混ざってる　これはコロイド　これらを分離

11,477　2022.12.26　めんそーれ！　化学～おばあと学んだ理科授業(盛口 満著：岩波ジュニア新書)2018年第1刷、[13時間目] 油は油と混ざる(油の仲間調べ)①油クイズ

（アブラには、油と脂があり、常温で液体なのが油と固体なのが脂で、前者は植物性の油脂には油が多く、後者は動物性の油脂には脂が多い）バターの代用品のマーガリンは、動植物性の油脂を水素などで加工して作る

水素を　人工的に　結びつけた　トランス脂肪酸　健康に悪いと

11,478　2022.12.28　めんそーれ！　化学〜おばあと学んだ理科授業(盛口 満著：岩波ジュニア新書)2018年第1刷、［13時間目］油は油と混ざる(油の仲間調べ)②石油の仲間（石油の種類には、揮発油・灯油・軽油・重油などがある）石油の成分は炭素と水素で、炭化水素といい、単純なつくりの石油(炭化水素は、炭素原子1つに水素原子4つがくっついた化学式はCH_4で、石油の仲間のメタン)

炭素の数　少ない石油は　ガス状で　数が増えると　常温液体

11,479　2022.12.30　めんそーれ！　化学〜おばあと学んだ理科授業(盛口 満著：岩波ジュニア新書)2018年第1刷、［13時間目］油は油と混ざる(油の仲間調べ)③油と油は仲がいい(非金属の代表の1つが油で、水とは仲が悪く、油とは親和性が高い)有機水銀は、水銀が油の仲間とくっついた状態になっており、体内に取り込まれると体内の脂質とくっついて、体外へ出ていかなくなる

海起源　生命は水と　親和性　体内のものを　油膜で被覆

11,480　2022.12.30　めんそーれ！　化学〜おばあと学んだ

理科授業(盛口 満著：岩波ジュニア新書)2018年第1刷、
[14時間目] 石鹸を作ろう(油とアルカリ)①廃油石鹸づく
り(水酸化ナトリウムは強アルカリで、蛋白質をとかす)

**廃油と水　水酸化ナトリウム　計量し　作業手順　石鹸完
成**

11,482　2022.12.30　めんそーれ！　化学～おばあと学んだ
理科授業(盛口 満著：岩波ジュニア新書)2018年第1刷、
[15時間目] 化学は「もの」の学問(暮らしの知恵との関
わり)①食べ物の色(動植物は色素を持っているものが多
い)これらを色素として製品化し「食べ物の見た目を良く
する」ために着色するケース多い

**合成の　色素の中には　アレルギー　関連性で　疑問の声
も**

11,483　2022.12.30　めんそーれ！　化学～おばあと学んだ
理科授業(盛口 満著：岩波ジュニア新書)2018年第1刷、
[15時間目] 化学は「もの」の学問(暮らしの知恵との関
わり)②化学は「もの」の学問(食品添加物には、色々なも
のがあり、合成保存料もそのひとつ)冷蔵庫があり、食品
には賞味期限も表示してある素として製品化し「食べ物の
見た目を良くする」ために着色するケースが多い

**理科の中　化学の分野が　中心で　「もの」の学問　生活
直結**

11,484　2022.12.30　めんそーれ！　化学～おばあと学んだ
理科授業(盛口 満著：岩波ジュニア新書)2018年第1刷、

あとがき（沖縄の夜間中学で化学を教えることになった著者）生徒の多くは、戦争で学校へ行けなかった（「めんそーれ」は「いらっしゃい」の意）化学式や計算ではなく、料理から楽しい授業であった

おばあたちの　目から鱗が　落ちました　その後それぞれの　道で活躍

(2)新聞編：新聞の社説や「ひと」などに関する短歌は、休刊日を除き、A新聞朝刊から、当該記事を読みながら、直接入力の方法で対応した。途中から「かたえくぼ」や「求人仕事力」、「日曜に想（おも）う」などを追加した。毎朝2時頃には配達があるので、待ち構えて朝刊と格闘する。その後に約30分間横になり、横臥していろは歌やCD化した讃歌2曲を口ずさみ、腹筋・背筋の運動後、書斎に戻るを、1日数回繰り返す。

16,360　2022.12.15　朝日新聞社説：防衛費の財源～国債発行は許されない

国民との　議論もせずに　独断で　過去の道を　突き進むな

16,361　2022.12.15　朝日新聞社説：沖縄県の敗訴～自治の軽視を憂慮する

地方自治　下から積み上げ　憲法に　上から目線　軽視容認？

16,362　2022.12.15　朝日新聞かたえくぼ：次の課題「PKのP ポスト・K岸田」日本(埼玉・角イモ)W杯のPK戦を想定

PK戦　同点終了　決着は　昔くじ引き　今忖度(そんたく)

16,363　2022.12.15　朝日新聞ひと：子どもの権利譲渡に貢献し、国際子ども平和賞を受けた(川崎レナさん17歳)マララやグレタも受賞した国際NGO賞を受賞

14歳　国際NGOの　日本支部　設立きっかけ　意気地なし知り

16,364　2022.12.16　朝日新聞社説：国葬の検証〜分断の禍根 浮き彫りに

独断で　国葬決めた　おお空け　ルール決めると　これも嘘なり

16,365　2022.12.16　朝日新聞社説：観光船事故〜国の責任は免れない

痛ましい　事故を起こした　責任で　大臣更迭　これがベースだ

16,367　2022.12.17　朝日新聞社説：安保政策の大転換〜平和構築を欠く力へ傾斜(1)

中国と　どう向き合うかの　議論なし　強(したた)か専制独裁政治

16,368　2022.12.17　朝日新聞社説：安保政策の大転換〜平和構築を欠く力へ傾斜(2)

検討を　繰り返すのみで　蓋開ける　閣議決定　擬(まが)

い物なり

16,369　2022.12.18　朝日新聞社説：防衛費の増額〜看過できぬ言行不一致

中身と　予算と財源　一体の　徹底議論を　国会でやれ

16,370　2022.12.18　朝日新聞社説序破急（じょはきゅう）：BTS（韓国の音楽グループ“防弾少年団”）と兵役と世界の平和（序破急とは、自己愛が呼ぶ破滅の足音）

BTS　メンバー兵役　韓国の　国会騒動　丸刈り入隊

16,371　2022.12.18　朝日新聞：日曜に想（おも）う〜つながれる空間 芽吹く時

大都会　人が集まり　つながって　農園取り持つ　ここに芽吹きが

16,374　2022.12.19　朝日新聞社説：米中間選挙〜国民の危機感の直視を

迫害や　強権蔓延る　歯止めは　米国以外　見当たらネェ

16,376　2022.12.20　朝日新聞社説：改正民法成立〜無戸籍の解消を急げ

子どもの　成長発達　支えゆく　国民の１人　親の役割

16,377　2022.12.20　朝日新聞社説：W杯〜巨大化に未来はあるか

今大会　疑惑数々　指摘され　さあこれから　摘発続々

16,379　2022.12.20　朝日新聞ひと：フィンランドの育児パッケージを手がけたデザイナー（Aya Iwayaさん30歳）赤ちゃんを産むと育児パッケージが無料で配られる（衣類

などベビー用品が詰まっている）この箱のデザインが秀逸
と評価

妊婦には　欲しいから　受診する　動機付けにと　デザイン工夫

16,380　2022.12.21　朝日新聞社説：金融緩和修正〜日銀は
もっと機敏に

内閣に　知らせもせずに　黒田の　独断専横　断末魔なりき

16,381　2022.12.21　朝日新聞社説：留置中の死亡〜収容の
実態の徹底検証を

法と実務　国際基準　合わせよと　国連指摘　後手の失態

16,383　2022.12.22　朝日新聞社説：薗浦衆院議員〜辞職で
終わりではない

自民党　真に不信の　払拭は　規正法改正　これがベースだ

16,384　2022.12.22　朝日新聞社説：序破急（じょはきゅう）
〜自己愛が呼ぶ破滅の足音

プーチンは　安全贅沢　いっぱいで　若者の戦地へ　小心の証拠

16,385　2022.12.22　朝日新聞ひと：脱毛症の縁でリカチャ
ンのヘッドスカーフをデザインした（角田真住さん45歳）
円形脱毛症から薬漬けで体調を壊した（半年で2/3の髪を
喪失し、自分が壊れていくと感じた）

襟元用　スカーフ巻いて　ランチへ　可愛いといわれ　心

に変化が

16,386　2022.12.23　朝日新聞社説：原発政策の転換〜熟議なき復権認められぬ(1)

拙速と　すり替え横行　ガラパゴス　安全は馬鹿の　一つ覚えぞ

16,387　2022.12.23　朝日新聞社説：原発政策の転換〜熟議なき復権認められぬ(2)

数々の　疑問置き去り　反省なし　ただひたすらに　猪突猛進

16,388　2022.12.23　朝日新聞社説：原発政策の転換〜熟議なき復権認められぬ(3)

事故の　惨禍教訓　忘れたか　ロシア原発へ　ミサイル発射

16,389　2022.12.23　朝日新聞ひと：おしゃれな白衣を医師に届けるアパレル社長(大和　新さん42歳)スーツのような仕立てで、医療現場に新風を吹き込んだ

学園祭　デザインで付加価値　実体験　今は白衣の　医療現場に

16,390　2022.12.24　朝日新聞社説：来年度予算〜後世に禍根を残すのか

この大きな　過ち是正　国民の　代表である　国会の責務

16,391　2022.12.24　朝日新聞社説：防衛費の膨張〜精査なき大盤振る舞い

このままでは　幅広い民の　理解なし　能無し首相　辞職

勧告

16,393　2022.12.25　朝日新聞社説：学術会議改革〜短兵急
は根幹揺るがす

社会の　課題解決　政策の　立案つながる　提言発信を

16,394　2022.12.25　朝日新聞社説序破急（じょはきゅう）：
コロナに紛れ、広がる梅毒（序破急とは、自己愛が呼ぶ破
滅の足音）

抗菌薬　耐性株が　出現し　性感染症　戦争蔓延

16,396　2022.12.26　朝日新聞社説：五輪検査報告〜全体像
は不明のままだ

法制度　整備を含め　検証は　東京五輪　徹底検証

16,397　2022.12.26　朝日新聞社説：ツイッター買収〜公共
的な役割自覚せよ

**世界で　2億人が　このサービス　利用荒廃は　弱点と汚
点**

16,399　2022.12.27　朝日新聞社説：不妊処置問題〜真相解
明と実態把握を

**子育てを　制度工夫で　可能にし　支援のあり方　これを
急げよ**

16,400　2022.12.27　朝日新聞社説：生態系を守る〜実効あ
る対策で未来へ

**生態系　利益を受ける　企業あり　施策の強化　これが
ベースだ**

16,401　2022.12.27　朝日新聞かたえくぼ：NISA年360万円

まで「年収より多いじゃないか」庶民(京都・狼藉者)

NISAニーサは、少額投資非課税制度(将来の公的年金の減額を見据えた政府の浅知恵)

年金を　100年安心　のたもうた　公明大臣　虚偽答弁

16,402　2022.12.27　朝日新聞ひと：高校サッカー指導者からJ2監督に転身する(黒田　剛さん52歳)青森山田高校を強豪に育てた手腕を買われ、来季からJ2町田

プロで　何処まで通用　高校の　経験踏まえ　先陣(せんじん)切りたい

16,403　2022.12.28　朝日新聞社説：中国とコロナ〜情報公開と対策の両輪で

政権の　体面ではなく　国民の　健康第一　へ忘れてター

16,404　2022.12.28　朝日新聞ひと：病院副院長から子どもホスピスに転じた看護師(伊藤清子さん64歳)41年の看護師人生の半分以上を、小児がんなど病と闘う子どもたちの看護に従事(横浜市金沢区に昨年開設されたホスピスのスタッフ)

問いとも　向き合って　看護する　病と闘う　子らを支えると

16,405　2022.12.29　朝日新聞社説：特定秘密漏洩〜組織の体質が問われる

両院に　情報公開監視　審査会　機能せずに　さらにポーズのみ

16,406　2022.12.29　朝日新聞社説：ウクライナ支援〜侵略

許さぬ結束　息長く

ロシアの　ノーベル平和賞　受賞者　侵略者は負けると

16,408　2022.12.30　朝日新聞社説：関電不正閲覧〜ルール軽視が目に余る

他社の　顧客情報　不正なる　閲覧非常識　横行許すな

16,409　2022.12.30　朝日新聞社説序破急（じょはきゅう）：音楽・舞踊などの3区分で、序と破と急、または①初め、②中（なか）、③終りウェルビーイングとトー横（新宿・歌舞伎町の通称「トー横」には、居場所がない子どもなどが集まる）ウェルビーイングとは、米語で「心身の健康と幸福」の意

先生や　自治体保護者　この言葉　しっかり認識　寄り添うから

16,410　2022.12.31　朝日新聞社説：年ごとの記憶〜奇跡の湖の地層で考える（1）

若狭にある　奇跡の湖の　地層には　7万年の　年ごと記憶

16,411　2022.12.31　朝日新聞社説：年ごとの記憶〜奇跡の湖の地層で考える（2）

今年は　ひどく情けない　1年で　綺麗な年縞　来年こそは

（3）テレビ番組編：NHK（DVDを含む）を中心とした番組などに関する短歌は、歌詠当初から2021年12月31日までで、テレビ番組が全体の22.4%を占めている。NHKが中心で、名曲アルバム、視点・論点、大河ドラマ、さわやか自然百景、ニッポンの里山、小さな旅、美の壺、イッピン、プロジェクトX、趣味の園芸、映画、サイエンスZERO、ヒューマニエンスなど多岐にわたる。TBSのテレビ寺子屋も歌詠した。

18,621　2022.12.15　NHK BSプレミアム：フォート・ブロックの決闘 These thousand hills（1958年米制作96分）主演ドン・マレー（A・B・ガスリー Jr.の小説を原作にした西部劇映画）撮影はメキシコのソンブレレテの街にあるシエラデオルカノス国立公園内で

酒場の　女と親しく　資金借り　土地成金　街の名士に

18,623　2022.12.15　NHK BSプレミアム：地下鉄に乗って（2006年日制作121分）主演は堤 真一（浅田次郎の同名小説の映画化）衣料店の営業マンは、地下鉄の駅で父が倒れたという伝言を見る

その時　彼の前を　兄に似た　人影がよぎり　必死に追いかける

18,624　2022.12.15　NHK BSプレミアム：ツレがうつになりました（2011年日制作122分）主演は宮崎あおい（結婚して5年になる夫は外資系のパソコンソフトのお客様セン

ター勤務)キャッチコピーは「頑張らないぞ」、「健やかな
る時も、病める時も一緒にいたい」

日々　ストレス抱え　仕事に　追われるツレ　うつ病発症

18,625　2022.12.15　NHK BSプレミアム：名曲アルバム(世
界の名曲を、美しい映像とともに)〜英雄の生涯(リヒャル
ト・シュトラウス作曲1864 − 1949年)ドイツの作曲家・指
揮者(リストの交響曲やワグナーの楽劇で、華やかな技法
をもって、発展)名指揮者ウィレム・メンゲルベルク1871
− 1949年は管弦楽団を育て上げ、ニューヨークでは常任
指揮者を兼任(演奏時間は全6章で約40分)

**この曲は　名指揮者へ　贈られ　ニューヨークでも　大成
功し**

18,626　2022.12.16　NHK BSプレミアム：突破口！Charly
Varrick(1973年米制作111分)主演ウォルター・マッソー
(ニューメキシコの小さな村の中年男が、銀行強盗を計画
し、若い男を仲間にして大金をものにする作品)

**その金は　マフィアのもので　警察と　両方に追われ　殺
し屋登場**

18,628　2022.12.16　NHK BSプレミアム：3人のゴースト
Scrooged(1988年米制作101分)主演ビル・マーレイ
(チャールズ・ディケンズのクリスマス・キャロルを元に
SFX(特殊撮影＝特撮)を駆使したコメディ仕立ての作品)

**傲慢で　がめつい社長　イヴの夜　過去・現在　未来幽霊
が**

18,629　2022.12.16　NHK BSプレミアム：ワルキューレ Valkyrie（2008年独米制作120分）主演トム・クルーズ（第二次世界大戦下のドイツで、祖国の平和のためヒトラーの暗殺計画を思いつく）

　ヒトラーに　屈する者と　暗殺者　両者の裏との　三者駆け引き

18,630　2022.12.16　NHK Eテレ：きょうの健康〜目の健康（あなたの疑問に答えます）①外で光を浴びて、大人でも近視の進行を抑えられる？（日陰の明るさ丁度良い、大人の場合は硬直化が進み不適）、②ドライアイ点眼薬では治せない？（涙口にムチンを点眼し、ためておくので、処方に従う）、③成長期の子どもへのコンタクトレンズは問題ない？（使用期限を必ず守り、定期的に眼科受診）

　高齢化　眼病罹り　面倒も　しっかり養生　1つずつ完治

18,631　2022.12.17　フジテレビ（テレビ静岡）：テレビ寺子屋〜いまを大切に（日本ホスピタルクラウン協会理事長：大棟耕介）被災地・戦地・病院などに足を運び、サーカスや遊園地など楽しい所で、病気などに奮闘中の子どもたちの当たり前でない現実に遭遇する）

　人は　悩みや不安に　優しくし　これら克服　今を大事に

18,633　2022.12.17　NHKテレビ：小さな旅〜大田原市（栃木県北東部の大田原市は、面積354.6㎢・2022年11月1日の推定人口は71,081人）那須の山々が蓄えた水がコンコンと湧き出し「湧き水の里」と呼ばれている（ニジマスは虹鱒

と書いてサケ科、クレソンはアブラナ科、ジネンジョは自然薯と書きヤマイモ科)

伏流水　ニジマス釣り場　父から子へ　クレソン栽培　正月ジネンジョ

18,634　2022.12.17　NHK BSプレミアム：サイエンスZERO(科学する心を伝えたい)〜小笠原の火山島・西之島の大噴火は何を語る(拡大を続け、世界から注目)壮大な実験場とも言えるこの島の今を、美しい実写とCG(コンピュータを使って描いた画像)で解説(カルデラ噴火は過去の噴火後に火山中央部の陥没による大噴火)

科学者らは　水中ロボットや　ドローンにて　サンプルで次はカルデラ噴火？

18,636　2022.12.18　NHK BSプレミアム：サイエンスZERO(科学する心を伝えたい)〜極小マシンがあなたを救う(薬を届けるナノマシン開発最前線)ナノは10億分の1(10^{-9})を表す単位の接頭語(高分子を駆使して作るナノサイズの乗り物に、薬や遺伝子を搭載して体内の目的の場所に届ける技術)

高分子　巧みに操り　あらゆる　機能を加え　脳にも届ける

18,637　2022.12.18　NHKテレビ：大河ドラマ　鎌倉殿の13人(最終回：報いの時)反目する義時を打ち取るため義時追討の宣旨を出し、兵を上げた後鳥羽上皇側は破れ、上皇は隠岐へ配流(はいる)

政子の　言葉に奮起し　幕府は　京へ派兵　先発隊向かう

18,641　2022.12.19　NHK BSプレミアム：名曲アルバム（世界の名曲を、美しい映像とともに）〜白鳥（サン・サーンス作曲）フランスの作曲家・ピアニスト・オルガニスト1835－1921年（1886年に、全14曲からなる組曲「動物の謝肉祭」副題は動物学的大幻想曲）で、カンガルーはピアノ、カッコウはクラリネット）白鳥の演奏時間は3分27秒、チェロとピアノで静かに演奏

はかなくも　透き通るような　白鳥の　心の透明度　落ちたら聴く

18,642　2022.12.19　NHK Eテレ：視点・論点（第一線からの言葉）〜朝食をとることが大切な理由（日本獣医生命科学大学客員教授：佐藤秀美）朝食は①体のリズムを整える、②朝食でエネルギーを蓄える、③健康の維持増進につながる（朝食なしの場合は、親は朝食を作る時間がない、子どもは食べる時間がない）朝・昼・晩で、食事の分量を満たすが、1食でも欠けると、ガツガツ食べるために、肥満になる（体内時間は25時間で、1日は24時間、差の1時間の調節が大事）

1日と　体内時計　差1時間　朝血糖値　朝食で回復

18,644　2022.12.20　NHK Eテレ：視点・論点（第一線からの言葉）〜世界人口80億人今後の課題（国連人口基金（UNFPA）駐日事務所所長：成田詠子）世界人口は現在の77億人から2050年に97億人（主な課題は、①人口増加率

は、地域により異なり、多くの国々で人口減少、②生産年齢人口の増加が、経済成長のチャンス、③最貧国の平均寿命は、世界平均に7年およばず、④世界人口の高齢化、65歳以上の年齢層が最速で拡大、⑤人口の減少を経験する国が増加)

世界の　格差拡大　人口の　増大によりて　課題山積

18,645　2022.12.21　NHK BSプレミアム：ヒューマニエンス Humanience 40億年の企(たくら)み絶滅と進化のインパクト(人間らしさの根源を、科学者は妄想する)クエスト Quest 〜選 言葉(これがヒトの思考を生んだ)動物も鳴き声でコミュニケーションをするが、ヒトの言葉は特別で、これが豊かな思考を生んだ(例えば7万年前の遺跡から弓矢の矢尻が発見され、これが言葉の起源の解明に)ヒトの言葉獲得に必要な擬音語や音階の区切れで、脳の仕組みも解明

矢尻は　多くの部材の　組み合わせ　これが言葉の　思考生み出す

18,646　2022.12.21　NHK BSプレミアム：ウォール街 Wall Street(1987年米制作124分)主演マイケル・ダグラス(一攫千金を夢見る若き証券マンが、フィクサー(黒幕的人物)的存在の大富豪に取り入る)父のネタは航空分野

父のネタ　夢をかなえるに　流したり　息子儲かるも　損失いっぱい

18,648　2022.12.21　NHK Eテレ：視点・論点(第一線からの

言葉）〜ELSIとは何か（大阪大学教授：岸本充生）ELSIエルシー：倫理的・法的・社会的課題Earth-Life Science Institute（生じるかもしれない課題を予想して倫理的・法的・社会的に対応することで、遺伝子操作・ドローン・オンライン授業・自動運転技術など多岐にわたる）法的にはOKでも倫理的・社会的にはNOのケースや社会は認めているが、法的な措置が追いついていない（1990年に米国で始まった研究プロジェクト）

遺伝子の　操作上に　リスクあり　これを予測し　未然に摘む

18,650　2022.12.22　日本テレビ：君の名は（2016年日制作107分）主声優は神木隆之介（新海 誠が監督・脚本を務めた2016年の日本のアニメーション映画）夢の中でのなりかわりで、国の内外と関わる人々に大評判

田舎の　女子高生と　東京の　男子高生　夢で入れ替わり

18,651　2022.12.23　NHK BSプレミアム：サイエンスZERO（科学する心を伝えたい）〜超過酷"極限環境"で1億年以上、貧栄養で生きた微生物（超高温・超高圧・超酸性など、想像以上に過酷な極限状態で、生きる微生物も続々と発見）サバイバルレースとは、困難や危険な状況下で、生き続ける競争のこと（地球上では全ての生き物が、このレースに勝ち残るも、絶滅危惧種も続出）

太古から　生き抜いてきた　微生物の　サバイバルレース　生命とは何か

18,653　2022.12.24　フジテレビ(テレビ静岡)：テレビ寺子屋〜親子関係をアップデート(教育評論家：親野智可等)親子衝突の主原因は「価値観の違いとコミュニケーション不足」(共感的・民主的な言葉で、親子関係をアップデートしませんか)

親は　ゲームは悪　子どもは　友達との会話　価値観の相違

18,655　2022.12.24　NHKテレビ：小さな旅〜特集 彩りの四季①春は南高梅の1本の母樹を守る農家、②夏は北海道の小さな島で漁師を目指す高校生、③秋は琵琶湖につながる小湖で自生の葦刈りからの屋根葺き職人、④冬は北アルプスでの厳しい生活の家族(④を紹介 長野県北部の小谷(おたり)村は面積267.9㎢・2022年11月1日の推定人口は2,548人)日本有数の豪雪地帯でスキー場が多い

この村は　支え合う暮らし　絆あり　ふるさとの心で　スキー客と接す

18,656　2022.12.24　NHK BSプレミアム：名曲アルバム(世界の名曲を、美しい映像とともに)〜きよしこの夜(フランツ・グルーバー作曲)オーストリアの作曲家・オルガニスト1787 − 1863年(皆で歌えるクリスマス・キャロルを思案中に、作詞はヨゼフ・モール1792 − 1848年が担当し、2011年にオーストリアの世界無形文化遺産に登録)演奏時間は2分21分

この歌を　作ったと言われる　教会は　ウィーン西方　ザ

ルツブルクに

18,657　2022.12.25　NHK BSプレミアム：サイエンスZERO（科学する心を伝えたい）〜脈動オーロラに挑む大観測！（脅威のキラー電子に迫れ）同じ場所で光ったり消えたりを繰り返す脈動オーロラ（このキラー電子は、人工衛星の故障の原因となり、宇宙の安定利用に貢献する観測が進む）

この現象　キラー電子が　地球へと　これにロケット　打ち込み観測

18,658　2022.12.25　NHKテレビ：全国高等学校駅伝競走大会（女子は第34回、男子は第73回）女子は初優勝で、長野県の長野東1：07：37、準優勝は宮城県の仙台育英1：07：51（男子は4年ぶり3度目優勝で、岡山県の倉敷2：01：10（大会新）、準優勝は長野県の佐久長聖2：01：57（大会新））

女子は　長野東で　初なりて　男子倉敷　3度目なりし

18,659　2022.12.26　NHK Eテレ：視点・論点（第一線からの言葉）〜デジタル化で働き方はどう変わる？（神戸大学教授：大内伸哉）現在は、第4次産業革命の中におり、社会的にはSociety 5の超スマート社会の中にいる（肉体労働はロボットで、知的情報処理はAIにまかせるステージにいる）機械との競争に立ち向かって、危機意識を持った対応が不可欠（独創性を有するデジタル技術者が少なく、環境問題に対応可能な人材が不足がする）

課題は　予測可能で　解決す　下手な対応　おいてきぼりに

18,660　2022.12.27　NHK BSプレミアム：ザ・プロファイラー（人物紹介作家）〜夢と野望の人生（20世紀最高のバレリーナ）マイヤ・プリセツカヤ1925 − 2015年は、政治が人々を抑圧する母国ソビエトで、自由に踊れるように求めた（「奴隷になりたくない」、「自分の運命は自分が決める！」との信念を貫いた）

粛清で　父母は投獄　本人は　常時監視下　自由を求め

18,661　2022.12.27　NHK Eテレ：視点・論点（第一線からの言葉）〜企業の農業参入の意義（東京農業大学教授：渋谷往男）2003年から試験的農地リース特区へ参入（ゼネコンやスーパーなどが農業に参入し、2022年にはリース方式に4,000社）今後の増加理由は、①withコロナ下での経験から学んだ、②農地の余剰傾向、③利益が得られる産業として評価、④国際的農業環境の変化など

所有と　経営分離　参入可　障壁なくても　コロナ下で半減

18,662　2022.12.28　NHK BSプレミアム：ヒューマニエンスHumanience 40億年の企（たくら）み（人間らしさの根源を、科学者は妄想する）クエストQuest糖〜おいしさの秘密（人類にとって禁断の実）甘いものを嫌いな動物はいない（糖は自然界で異質な食性）他の動物は、体内に必要な分だけ糖を生成し、その危険を回避できる（血中に、糖が多すぎると糖化反応（澱粉などを酸や酵素の作用でブドウ糖などの糖類にまで変化））ブドウ糖がなくなると脳細胞は5分

で死ぬ

甘いもの　炭水化物は　体内で　ブドウ糖になり　糖化反応

18,663　2022.12.28　NHKテレビ：イッピン〜選 しなやかに、逞（たくま）しく（復帰50年・沖縄の工芸 その奇跡）①ガラス工芸は伝統がなく、かえって斬新な技法、②染め物・紅型（びんがた）は、沖縄の技法で表現の可能性を拡大（紅型は型紙1枚で多彩な色挿しとぼかしの技法）、③焼き物は、次行を参照

焼き物は　公害という　新たなる　問題発生　作風挑戦

18,664　2022.12.28　NHKテレビ：歴史探偵（今夜も歴史の謎が解き明かされる）正岡子規1867 − 1902年はSNSの元祖だった？（昔の俳句は、卑俗陳腐！　炎上覚悟、子規の挑戦）明治期、愛媛県生まれの俳人（知られざる世界を徹底分析）

調査や　分析・実験　子規の謎　一大革命　明治版SNS

18,665　2022.12.28　NHK Eテレ：視点・論点（第一線からの言葉）〜ビジネスでアフリカの成長の戦略（戦略コンサルティング会社 社長：武藤康平）サハラ砂漠以南の人口は2030年に14億人（2050年20億人）①ウガンダではバイクタクシーが、増加し、運賃の電子決済や運転者の保険加入の増加で利用客も増大、②ナイジェリアの農業テック企業では、トラクターなどのシェア利用が拡大（当社では造船企業とタイアップして、農機具の輸出に貢献し、現地の若者

に大人気)

アフリカの　次の20年　30年　綿密予測　戦略遂行

18,666　2022.12.29　NHK BSプレミアム：桃源紀行～選　シュプレーヴァルト(ドイツ国東部とポーランド国境に接して所在するシュプレーヴァルト郡は、20近い村が散在する水の里で、水路網は先人たちが苦労して完成させ、現在は水路ごとに管理人が任命)その総延長は、1,000km(緑のベネチアと称され、初夏から秋は多くの観光客)家は小舟の発着・荷下ろしや荷積みに、都合良く配置

小舟で　水路の周遊　午後からは　子供の操船　訓練もあり

18,670　2022.12.29　NHK BSプレミアム：名曲アルバム～4手(よんしゅ)のためのピアノ・ソナタ 二長調K.381(新番号K.123a)アマデウス・モーツァルト作曲(オーストリアの作曲家1756 – 91年)ウィーン古典派の三巨匠の1人(16歳時に生誕地のザルツブルクで作曲し「イタリア風のシンフォニアを4手に編んだような曲」と称された)シンフォニアとは、バロック期のオペラ・カンカータなどの導入部に奏でられる器楽曲(全3楽章で、総演奏時間は約15分)

草稿を　姉が持っており　姉弟の　連弾のため　新番号も

18,671　2022.12.31　NHK BSプレミアム：美の壺～選 千変万化の輝き(File 522)宝塚歌劇団の娘役は、アクセサリーを手作り①フランスの技で作る味噌汁や日本酒も、新感覚のブローチに、②昭和レトロのビーズのバッグ、③日本は

世界有数のガラス製ビーズの生産国(美のツボは、①一粒をつないで、笑みこぼれる、②その輝きが世界を魅了する、③和と洋を結ぶ架け橋)

ガラス玉　千変万化の　輝きは　心ゆくまで　工夫を重ね

18,672　2022.12.31　NHK BSプレミアム：美の壺〜選 伝統を味わう　蕎麦(そば)File528(蕎麦はタデ科)①繊細で、革新的な十割(とわり蕎麦粉100%)の更級蕎麦、②出雲蕎麦に衝撃を受けた職人が極めた十割蕎麦、③長野の伝統の竹カゴで頂く湯じ蕎麦(とうじそばといい、蕎麦を熱いツユに付けて食べる)、④蕎麦猪口(そばちょこ)を500個集めた収集家のおもてなし(美のツボは、①二八で味わう蕎麦の味、②こだわり貫く黒と白、③趣向をこらし、振る舞う)

大晦日　年越し蕎麦で　今年も　矢のごとくにて　また来年も

18,673　2022.12.31　NHK BSプレミアム：ヒューマニエンス Humanience 40億年の企(たくら)み絶滅と進化のインパクト(人間らしさの根源を、科学者は妄想する)クエスト Quest 〜ヒトを知る 退化論(退化はもう1つの進化論)40億年をかけて進化したヒトの肉体は、それは退化への連続でもあった(多くは、その生命プログラムを維持し、脳は新たな進化への準備中との知見も)男の小さな2つの乳首は、果たして退化器官か(最近、男の肥満は中性化といわれている)

退化器官　不必要になり　機能なし　退化を脳が　次の進化に

> (4)歳時編：行事、身のまわりの出来事、時節などに関する短歌は、「年中行事と歳時記(KK大創出版2004年第1刷)をもとに、月毎に入力した。祝日など変更があった場合は、その都度変更した。NHKの大河ドラマ、さわやか自然百景、小さな旅、高校野球、駅伝など歳時性のあるものや峰月苦言：デカルトの言葉を引用「我思う、故に苦言あり」も追加した。

5,203　2022.12.15　峰月苦言：デカルトの言葉を引用「我思う、故に苦言あり」(防衛財源 裏付け先送り)

防衛費　早とちりドタバタ　拙速で　そのツケ国民　へああ増税

5,204　2022.12.16　峰月苦言：デカルトの言葉を引用「我思う、故に苦言あり」(効力ない臨時の閣議決定、その後会見とは)これを受けて野党もやれよ会見を

熟議と　説明なしで　安保の　大転換は　将来に禍根

5,205　2022.12.18　NHKテレビ：大河ドラマ 鎌倉殿の13人(最終回：報いの時)反目する義時を打ち取るため義時追討の宣旨を出し、兵を上げた後鳥羽上皇側は破れ、上皇は隠岐へ配流(はいる)

政子の　言葉に奮起し　幕府は　京へ派兵　先発隊向かう

5,206　2022.12.19　峰月苦言：デカルトの言葉を引用「我思う、故に苦言あり」

イラン製　ロシアが使用　電池にカメラ　日本製家電の転用・禁輸を

5,207　2022.12.20　峰月苦言：デカルトの言葉を引用「我思う、故に苦言あり」

新潟を　標的にした　ドカ雪は　前代未聞の　冬将軍か

5,208　2022.12.21　峰月苦言：デカルトの言葉を引用「我思う、故に苦言あり」

虚ろな目　白髪増加の　死に体で　利上げでないと　強弁しおり

5,209　2022.12.22　冬至（とうじ）：24節気の1つで、太陽が黄軽270度の冬至点に達し、1年中で最も南に位置する時（北半球では日照時間（昼）が最短で、夜が最も長くなる）魔除け・金運・無病息災を祈る

コロナ禍で　冬至のカボチャ　柚子風呂は　前者冷凍　後者スーパーへ

5,210　2022.12.24　峰月苦言：デカルトの言葉を引用「我思う、故に苦言あり」

ミャンマー人　難民鎖国　日本へ　優秀人材　やがて橋渡し

5,211　2022.12.25　NHKテレビ：全国高等学校駅伝競走大会（女子は第34回、男子は第73回）女子は初優勝で、長野県の長野東1：07：37、準優勝は宮城県の仙台育英1：07：51

（男子は4年ぶり3度目優勝で、岡山県の倉敷2：01：10（大会新）、準優勝は長野県の佐久長聖2：01：57（大会新））

女子は　長野東で　初なりて　男子倉敷　3度目なりし

5,212　2022.12.25　クリスマス：イエス・キリストの生誕を祝う日で、降誕祭ともいう（24日のクリスマス・イブは降誕祭前夜をいい、クリスマス・ツリーを飾り、子どもたちはサンタクロースのプレゼントを心待ちにし、25日の朝に受け取る）

何もない　何もしない　クリスマス　ただ心だけが　除夜の鐘へと

5,213　2022.12.26　峰月苦言：デカルトの言葉を引用「我思う、故に苦言あり」

海自の　特定秘密　漏洩の　国会審議　早急開始を

5,214　2022.12.29　峰月苦言：デカルトの言葉を引用「我思う、故に苦言あり」（大甘の国会議員は保身のみで、3年後には少子化により定数半減して、米国並みに）

あるまじき　所業にて　辞任した　公民権停止　へ5年が3年

5,215　2022.12.30　峰月苦言：デカルトの言葉を引用「我思う、故に苦言あり」

コロナ死者　最多ペースで　増加する　これに追い打ちインフルエンザ

5,216　2022.12.31　大晦日（おおみそか）：1年の最後の日で、月末を晦日（みそか）といい、1年の最後の日を大晦日とい

う(年越しそばを食べて長寿を願う)

富山と　練馬の孫たちが　お年玉　少し奮発　大喜びす

5,217　2022.12.31　除夜の鐘(じょやのかね)：この日は除夜
といい「夜を除く」つまり眠らないという意で、正月神を
迎えるために、身を清め、終夜眠らず過ごす

**最近は　除夜の鐘は　テレビにて　神社仏閣　様変わりせ
し**

(5)海外編：現地での外国関係の事柄に関する短歌は、
政府開発援助(ODA)の調査時の感想やカウンターパー
トとのやり取りなどを、その都度まとめた。国内では新
聞の社説、ひと、視点・論点など海外に関する内容や出
来事をここにも収録した。

6,892　2022.12.19　朝日新聞社説：米中間選挙～国民の危機
感の直視を

**迫害や　強権蔓延(はびこ)る　歯止めは　米国以外　見当
たらネェ**

6,893　2022.12.20　朝日新聞ひと：フィンランドの育児パッ
ケージを手がけたデザイナー(Aya Iwayaさん30歳)赤
ちゃんを産むと育児パッケージが無料で配られる(衣類な
どのベビー用品が詰まっている)この箱のデザインが秀逸
と評価

妊婦には　欲しいから　受診する　動機付けにと　デザイ

ン工夫

6,894　2022.12.28　朝日新聞社説：中国とコロナ〜情報公開
　　と対策の両輪で

政権の　体面ではなく　国民の　健康第一　へ忘れてター

6,895　2022.12.29　朝日新聞社説：ウクライナ支援〜侵略許
　　さぬ、結束を息長く

ロシアの　ノーベル平和賞　受賞者　侵略者は負けると

6,896　2022.12.29　NHK BSプレミアム：桃源紀行〜選　シュ
　　プレーヴァルト（ドイツ国東部とポーランド国境に接して
　　所在するシュプレーヴァルト郡は、20近い村が散在する
　　水の里で、水路網は先人たちが苦労して完成させ、現在は
　　水路ごとに管理人が任命）その総延長は、1,000km（緑のベ
　　ネチアと称され、初夏から秋は多くの観光客）家は小舟の
　　発着・荷下ろしや荷積みに、都合良く配置

**小舟で　水路の周遊　午後からは　子供の操船　訓練もあ
り**

(6)音楽編：音楽、民族芸能および演奏会などに関する
短歌は、NHKの「名曲アルバム」のクラシック音楽な
どを主に歌詠した。また、近傍の演奏会などで鑑賞した
場合は、自身の音楽観賞の能力と配布されたパンフレッ
トなどを参考に歌詠した。

2,667　2022.12.15　NHK BSプレミアム：名曲アルバム（世

界の名曲を、美しい映像とともに)〜英雄の生涯(リヒャルト・シュトラウス作曲1864 − 1949年)ドイツの作曲家・指揮者(リストの交響曲やワグナーの楽劇で、華やかな技法をもって、発展)名指揮者ウィレム・メンゲルベルク1871 − 1949年は管弦楽団を育て上げ、ニューヨークでは常任指揮者を兼任(演奏時間は全6章で約40分)

　この曲は　名指揮者へ　贈られ　ニューヨークでも　大成功し

2,668　2022.12.19　NHK BSプレミアム：名曲アルバム(世界の名曲を、美しい映像とともに)〜白鳥(サン・サーンス作曲)フランスの作曲家・ピアニスト・オルガニスト1835 − 1921年(1886年に、全14曲からなる組曲「動物の謝肉祭」副題は動物学的大幻想曲)で、カンガルーはピアノ、カッコウはクラリネット)白鳥の演奏時間は3分27秒、チェロとピアノで静かに演奏

　はかなくも　透き通るような　白鳥の　心の透明度　落ちたら聴く

2,669　2022.12.20　NHK BSプレミアム：名曲アルバム(世界の名曲を、美しい映像とともに)〜スターバト・マーテル(バッティスタ・ペルゴレージ作曲)イタリアのナポリ楽派のオペラ作曲家1710 − 1736年(ナポリ近郊の港町ポッツォーリでの静養中に、最後のこの曲を作曲)スターバト・マーテルとは、悲しみに聖母の意で、十字架の傍らに佇(たたず)む聖母マリアの悲しみの情景を曲に込めた(12

曲で構成され、演奏時間は約40分）

**不治の　病に倒れ　静養時に　この曲仕上げ　ほどなく逝
去**

2,670　2022.12.21　NHK BSプレミアム：ヒューマニエンス
Humanience 40億年の企（たくら）み絶滅と進化のインパ
クト（人間らしさの根源を、科学者は妄想する）クエスト
Quest 〜選 言葉（これがヒトの思考を生んだ）動物も鳴き
声でコミュニケーションをするが、ヒトの言葉は特別で、
これが豊かな思考を生んだ（例えば7万年前の遺跡から弓
矢の矢尻が発見され、これが言葉の起源の解明に）ヒトの
言葉獲得に必要な擬音語や音階の区切れで、脳の仕組みも
解明

**矢尻は　多くの部材の　組み合わせ　これが言葉の　思考
生み出す**

2,671　2022.12.24　NHK BSプレミアム：名曲アルバム（世
界の名曲を、美しい映像とともに）〜きよしこの夜（フラン
ツ・グルーバー作曲）オーストリアの作曲家・オルガニス
ト1787 − 1863年（皆で歌えるクリスマス・キャロルを思案
中に、作詞はヨゼフ・モール1792 − 1848年が担当し、
2011年にオーストリアの世界無形文化遺産に登録）演奏時
間は2分21分

**この歌を　作ったと言われる　教会は　ウィーン西方　ザ
ルツブルクに**

2,672　2022.12.29　NHK BSプレミアム：名曲アルバム〜4

手(よんしゅ)のためのピアノ・ソナタ　二長調K.381(新番
号K.123a)アマデウス・モーツァルト作曲(オーストリア
の作曲家1756－91年)ウィーン古典派の三巨匠の1人(16
歳時に生誕地のザルツブルクで作曲し「イタリア風のシン
フォニアを4手に編んだような曲」と称された)シンフォ
ニアとは、バロック期のオペラ・カンカータなどの導入部
に奏でられる器楽曲(全3楽章で、総演奏時間は約15分)

草稿を　姉が持っており　姉弟の　連弾のため　新番号も

2,673　2022.12.31　五万首到達、次は六万首へ挑戦(人生の
大半をかけたライフワークの短歌に、様々な活動が加わり
「忘れる以上に、脳に詰め込み主義を貫いてきた」が、忘
れる暇もなく、ボケ防止に繋がってきたと自認)

**短歌が　ライフワークに　60有余年　五万首到達　さら
に六万首**

(7)美術編：世界文化遺産(世界無形文化遺産を含む)。
絵画、工芸などに関する短歌は、日本の社寺仏閣の訪問
時やNHKの美の壺、イッピンの聴取時に歌詠した短歌
のほか、フランスのルーブル美術館、英国の大英博物館。
政府開発援助の調査時には休日を利用して博物館や美術
館を訪問し、展示物などの感想を歌詠した。

3,166　2022.12.24　朝日新聞ひと：廃材や不要物で絵を描き
ながら旅するエコアーティスト(綾海さん26歳)長崎県の

高校を卒業してグラフィックデザインを学んで就職したが、絵を描く時間がなくて1年で辞めた(不要物で絵に新しい命を)

見たい人と　100年後の　未来を　考えれる　作品に挑む

3,167　2022.12.28　NHKテレビ：イッピン～選　しなやかに、逞(たくま)しく(復帰50年・沖縄の工芸　その奇跡)①ガラス工芸は伝統がなく、かえって斬新な技法、②染め物・紅型(びんがた)は、沖縄の技法で表現の可能性を拡大(紅型は型紙1枚で多彩な色挿しとぼかしの技法)、③焼き物は、次行を参照

焼き物は　公害という　新たなる　問題発生　作風挑戦

3,168　2022.12.31　NHK BSプレミアム：美の壺～選　千変万化の輝き(File 522)宝塚歌劇団の娘役は、アクセサリーを手作り　①フランスの技で作る味噌汁や日本　酒も、新感覚のブローチに、②昭和レトロのビーズのバッグ、③日本は世界有数のガラス製ビーズの生産国(美のツボは、①一粒をつないで、笑みこぼれる、②その輝きが世界を魅了する、③和と洋を結ぶ架け橋)

ガラス玉　千変万化の　輝きは　心ゆくまで　工夫を重ね

3,169　2022.12.31　NHK BSプレミアム：美の壺～選　伝統を味わう蕎麦(そば)File528(蕎麦はタデ科)①繊細で、革新的な十割(とわり蕎麦粉100％)の更級蕎麦、②出雲蕎麦に衝撃を受けた職人が極めた十割蕎麦、③長野の伝統の竹カゴで頂く湯じ蕎麦(とうじそばといい、蕎麦を熱いツユに

付けて食べる）、④蕎麦猪口（そばちょこ）を500個集めた
収集家のおもてなし（美のツボは、①二八で味わう蕎麦の
味、②こだわり貫く黒と白、③趣向をこらし、振る舞う）

大晦日　年越し蕎麦で　今年も　矢のごとくにて　また来年も

(8)健康編：病気などに関する短歌は、NHKの「きょうの健康」から歌詠したが、この内容が1年に1回の割合で循環するため、重複を避ける観点から、コロナの発生からは、特異な内容を除き、コロナウイルス感染症のマスコミ報道を主体とした。また、薬草や暮らしに関する歌詠も行い、掲載した。

6,167　2022.12.15　朝日新聞ひと：子どもの権利譲渡に貢献
し、国際子ども平和賞を受けた（川崎レナさん17歳）マラ
ラやグレタも受賞した国際NGOの賞を授与

**14歳　国際NGOの　日本支部　設立きっかけ　意気地
なし知り**

6,168　2022.12.16　NHK Eテレ：きょうの健康〜目の健康
（あなたの疑問に答えます）①外で光を浴びて、大人でも近
視の進行を抑えられる？（日陰の明るさ丁度良い、大人の
場合は硬直化が進み不適）、②ドライアイ点眼薬では治せ
ない？（涙口にムチンを点眼し、ためておくので、処方に
従う）、③成長期の子どもへのコンタクトレンズは問題な

い？(使用期限を必ず守り、定期的に眼科受診)

高齢化　眼病罹り　面倒も　しっかり養生　1つずつ完治

6,169　2022.12.19　NHK Eテレ:視点・論点(第一線からの言葉)〜朝食をとることが大切な理由(日本獣医生命科学大学客員教授:佐藤秀美)朝食は①体のリズムを整える、②朝食でエネルギーを蓄える、③健康の維持増進につながる(朝食なしの場合は、親は朝食を作る時間がない、子どもは食べる時間がない)朝・昼・晩で、食事の分量を満たすが、1食でも欠けると、ガツガツ食べるために、肥満になる(体内時間は25時間で、1日は24時間、この差の1時間を調節

1日と　体内時計　差1時間　朝血糖値　朝食で回復

6,170　2022.12.23　朝日新聞ひと:おしゃれな白衣を医師に届けるアパレル社長(大和 新さん42歳)スーツのような仕立てで、医療現場に新風を吹き込んでいる

学園祭　デザインで付加価値　実体験　今は白衣の　医療現場に

6,171　2022.12.28　朝日新聞社説:中国とコロナ〜情報公開と対策の両輪で

政権の　体面ではなく　国民の　健康第一　へ忘れてター

6,172　2022.12.28　朝日新聞ひと:病院副院長から子どもホスピスに転じた看護師(伊藤清子さん64歳)41年の看護師人生の半分以上を、小児がんなど病と闘う子どもたちの看護に従事(横浜市金沢区に昨年開設されたホスピスのス

タッフ）

問いとも　向き合って　看護する　病と闘う　子らを支えると

6,173　2022.12.30　朝日新聞社説序破急（じょはきゅう）：音楽・舞踊などの3区分で、序と破と急、または①初め、②中（なか）、③終り、ウェルビーイングとトー横（新宿・歌舞伎町の通称「トー横」には、居場所がない子どもなどが集まる）ウェルビーイングとは、米語で「心身の健康と幸福」の意

先生や　自治体保護者　この言葉　しっかり認識　寄り添うから

6,174　2022.12.31　NHK BSプレミアム：ヒューマニエンス Humanience 40億年の企（たくら）み絶滅と進化のインパクト（人間らしさの根源を、科学者は妄想する）クエスト Quest 〜ヒトを知る　退化論（退化はもう1つの進化論）40億年をかけて進化したヒトの肉体は、それは退化への連続でもあった（多くは、その生命プログラムを維持し、脳は新たな進化への準備中との知見も）男の小さな2つの乳首は、果たして退化器官か（最近、男の肥満は中性化といわれている）

退化器官　不必要になり　機能なし　退化を脳が　次の進化に

(9) 名所旧跡編：世界自然遺産、名所、名峰、神社仏閣などに関する短歌は、観光旅行に役立つように都道府県名や市町村名を記述し、簡単な案内を詞書(ことばがき)に示した。歌詠の内容は印象に残った部分を主に採用した。NHKのさわやか自然百景、小さな旅、ニッポンの里山などから、所在地の分かる短歌を取捨選択をした。

4,070　2022.12.17　NHKテレビ：さわやか自然百景〜秋 浅間山(長野と群馬の両県にまたがる浅間山は、標高2,588mの三重式活火山(標高2,000m付近の古い火口跡には、背の低い草木が繁茂し、草原が広がる)特別天然記念物のニホンカモシカ(ウシ科)が生息し、その密度は全国平均の約10倍を誇る

恋の季節　ニホンカモシカ　メスとオス　求愛行動　荒々しくも

4,071　2022.12.17　NHKテレビ：小さな旅〜大田原市(栃木県北東部の大田原市は、面積354.6㎢・2022年11月1日の推定人口は71,081人)那須の山々が蓄えた水がコンコンと湧き出し「湧き水の里」と呼ばれている(ニジマスは虹鱒と書いてサケ科、クレソンはアブラナ科、ジネンジョは自然薯と書きヤマイモ科)

伏流水　ニジマス釣り場　父から子へ　クレソン栽培　正月ジネンジョ

4,072　2022.12.24　NHKテレビ：さわやか自然百景〜選 あ

きる野の丘陵（東京都多摩地域西部に位置するあきる野市
は、面積73.4㎢・2022年11月1日の推定人口は78,907人）
秋の丘陵地には生き物であふれ、夜の谷に響き渡る虫の音
（トンボはトンボ目の昆虫の総称、チョウはチョウ目のガ
以外の昆虫の総称）

**丘陵に　刻まれた谷の　湿地では　産卵のトンボ　冬越し
チョウも**

4,073　2022.12.24　NHKテレビ：小さな旅〜特集 彩りの四
季 ①春は南高梅の1本の母樹を守る農家、②夏は北海道
の小さな島で漁師を目指す高校生、③秋は琵琶湖につなが
る小湖で自生の葦刈りからの屋根葺き職人、④冬は北アル
プスでの厳しい生活の家族（④を紹介 長野県北部の小谷
（おたり）村は面積267.9㎢・2022年11月1日の推定人口は
2,548人）日本有数の豪雪地帯でスキー場が多い

**この村は　支え合う暮らし　絆あり　ふるさとの心で　ス
キー客と接す**

(10)スポーツ編：各種のスポーツ、釣り、登山などに関
する短歌のほか、高校野球や高校駅伝など、全国的な大
会の優勝・準優勝校を掲載した。自身が興味を持ってい
るスポーツの歌詠に偏りがあったことを陳謝する。

1,628　2022.12.20　朝日新聞社説：W杯〜巨大化に未来はあ
るか

今大会　疑惑数々　指摘され　さあこれから　摘発続々

1,629　2022.12.20　朝日新聞かたえくぼ：36年振りW杯優勝「ゴールキーパーの神の手」アルゼンチン（神奈川・老人生）汚職が蔓延（はびこ）る五輪など縮小し、発祥地ギリシャ並みに

三度目の　W杯優勝は　神の手　ゴールキーパー　相手を読んだか

1,631　2022.12.25　NHKテレビ：全国高等学校駅伝競走大会（女子は第34回、男子は第73回）女子は初優勝で、長野県の長野東1：07：37、準優勝は宮城県の仙台育英1：07：51（男子は4年ぶり3度目優勝で、岡山県の倉敷2：01：10（大会新）、準優勝は長野県の佐久長聖2：01：57（大会新））

女子は　長野東で　初なりて　男子倉敷　3度目なりし

1,632　2022.12.26　朝日新聞社説：五輪検査報告〜全体像は不明のままだ

法制度　整備を含め　検証は　東京五輪　徹底検証

1,633　2022.12.27　朝日新聞ひと：高校サッカー指導者からJ2監督に転身する（黒田　剛さん52歳）青森山田高校を強豪に育てた手腕を買われ、来季からJ2町田

プロで　何処まで通用　高校の　経験踏まえ　先陣（せんじん）切りたい

(11)園芸編：野菜や花卉などの園芸に関する短歌は、NHKの「趣味の園芸」を主に掲載した。最寄りの図書館で、各月の発売日後に出かけ、準備手帳にメモを取り、「野菜の時間」は別冊販売で、図書館では購入本となっていないため、インターネットとテレビから歌詠した。

2,303　2022.12.19　NHK Eテレ：趣味の園芸〜やさいの時間（ベジ・ガーデン）収穫祭 味も大検証スペシャル（秋から栽培している①ジャガイモ（ナス科）は、雨の直後は腐り易い、②茎レタス（キク科））やレタス類の苦いという悩みの原因は切り口の白い汁（ラクチュコピクン）で、食べる前に水に晒す）ミニトマトは1本仕立て、2本仕立て、放任栽培の3タイプで計量（1位は量・放任、粒重1本、味は2本仕立て）

ミニトマト　1本と2本　放任で　量・重さ・味　それぞれ異なる

2,304　2022.12.19　NHK Eテレ：趣味の園芸〜京も一日陽だまり屋（蕾も実もある常緑樹スキミア）ミカン科で、雌雄異株（蕾を楽しむ花木で、深赤の蕾が映える雄株が人気）雌株だけに、花をつけた後に赤い実がなる（斑入りの葉が美しいマジック・マルハー）花言葉は、清純・寛大

人気は　美しい蕾　長持ちし　楽しめる花　切り花もよし

2,305　2022.12.19　NHK Eテレ：趣味の園芸〜山本美月 グリーンサムへの12か月⑨植物をリスペクト！　植物の知

恵と生き方を楽しむ（鉢植えでも、庭でも、野外でも、五感を使って植物の面白さを掴む）

いつもより　近づいて見る　それだけで　いろいろ発見　楽しみ倍増

2,306　2022.12.29　NHK Eテレ：趣味の園芸〜やさいの時間選　プランター栽培（カイワレ）アブラナ科で、芽が出て7日目から窓際で日光に当てるか、波長が太陽光に近いLEDの栽培用照明で栽培（カイワレはキッチンペーパーを容器の底の形に切り、数枚重ねて入れ、水を入れて除菌）種子は重ならないように播く（芽が出たら1日に3回、水で根を洗うように水変えし、3回目の水を少し残す）貝割れ葉の略称

カイワレの名　二葉が開く　その様が　貝の煮炊き時　開くに似たり

2,307　2022.12.29　NHK Eテレ：趣味の園芸〜京も一日陽だまり屋（マスデバリア）三角つーん（ラン科で、これからも注目の洋ラン）主に南米のアンデス山脈の標高1,500m以上の高地に自生（品種は、リン・シャーロック、ゴールデン・タイガ、ビーチアナなど）花言葉は想いやり

小型で　15cm　草丈で　鉢に数株　暑さに強し

2,308　2022.12.29　NHK Eテレ：趣味の園芸〜冬に輝く！キクの仲間たち（丈夫な花々で冬を彩る）マーガレット・サイネリア・ノースポール・キンセンカはすべてキク科（これらの花言葉は、真実の愛、喜び・快活、誠実・高潔、失

望）

軒下の　日当たりよい　戸外にて　冬も開花で　液体肥料

---

(12)映画編：邦画および洋画などの映画に関する短歌は、朝日新聞の毎週土曜日の「週間番組表」から、自分が見たい番組を毎週5本選択し、インターネットを使い歌詠した。選択した映画がテレビで、見られた場合は補遺した。米国は制作総本数の90％を占める映画王国で「第二次世界大戦中も制作されていた」ことに驚いた。

4,578　2022.12.15　NHK BSプレミアム：フォート・ブロックの決闘These thousand hills（1958年米制作96分）主演ドン・マレー（A・B・ガスリー Jr.の小説を原作にした西部劇映画）撮影はメキシコのソンブレレテの街にあるシエラデオルカノス国立公園内で

酒場の　女と親しく　資金借り　土地成金　街の名士に

4,579　2022.12.15　NHK BSプレミアム：パリは燃えているかIs Paris burning?（1966年仏米制作173分）主演ジャン・ポール（第二次世界大戦末期、パリ解放の顛末を描いたルネ・クレマンの大作）

連合軍　パリ解放と　それに　尽力した　人たちを活写

4,581　2022.12.15　NHK BSプレミアム：ツレがうつになりました（2011年日制作122分）主演は宮崎あおい（結婚して5年になる夫は外資系のパソコンソフトのお客様センター勤

務)キャッチコピーは「頑張らないぞ」、「健やかなる時も、病める時も一緒にいたい」

日々　ストレス抱え　仕事に　追われるツレ　うつ病発症

4,586　2022.12.18　テレビ東京：ライブリポートLine of duty（2019年英米制作99分）主演サムアーロン・エッカート（少女誘拐事件を捜査している警察官は、配信サポートのリポーターに操作の生配信を許可）

誤情報　翻弄されて　捜査が　困難になるも　過去の事件が

4,587　2022.12.21　NHK BSプレミアム：ウォール街Wall Street（1987年米制作124分）主演マイケル・ダグラス（一攫千金を夢見る若き証券マンが、フィクサー（黒幕的人物）的存在の大富豪に取り入る）父のネタは航空分野

父のネタ　夢をかなえるに　流したり　息子儲かるも　損失いっぱい

4,590　2022.12.22　日本テレビ：君の名は（2016年日制作107分）主声優は神木隆之介（新海　誠が監督・脚本を務めた2016年の日本のアニメーション映画）夢の中でのなりかわりで、国の内外と関わる人々に大評判

田舎の　女子高生と　東京の　男子高生　夢で入れ替わり

4,591　2022.12.23　テレビ東京：ローグRogue（2020年南アフリカ・英制作106分）主演ミーガン・フォックス（サムをリーダーとする傭兵部隊が、誘拐された政治家の娘を救出するため南アフリカへ、テロリストに襲われる）

密猟者の　ライオン繁殖　廃墟へと　ライオン襲い　テロ
リスト迫る

第5章　関連する活動

5-1　四字漢字語彙
5-1-1　歌詠の利点

　四字熟語は、電子辞書(広辞苑第六版)によると、漢字四字で構成される成句や熟語とあり、①成句は、古人が作った詩文の句(例：「人間到る所青山あり」の類)、②熟語は、2つ以上の単語または2字以上の漢字が結合してできた語とある。ここでは、歴史上の人物やインターネットの物故者リストから日本のノーベル賞受賞者や著名な方々の中から四字漢字の者を選び、入力したため「四字漢字語彙」とした。

　短歌は31字の平仮名で成り立ち、四字からなる漢字の熟語を多用することによって、表現や内容が充実し、文意が広くなり、趣意も明確になると判断し、収集・入力した。

　この四字漢字語彙は、パソコンや電子辞書がない場合の準備手帳には、好都合である。パソコンや電子辞書がある場合は、より正確で重宝できるので、使用場所を決めて使うことで、使い勝手により幅ができる。例えば、峰月は就職以来、自作の"凌駕一有(りょうがいちゆう)"を座右の銘として、利活用してきた。この四字熟語は「人は皆、他の人より優れたものを1つは有しており、これを念頭において各自が行動すると失敗は少ない」の意で、初対面や長い付き合いの中で、主に長所を把握して自らが行動した結果の積み重ねが、良好

であったことによった。四字熟語の書籍は多数販売されているが、電子辞書を持ち歩き使用した。

　ここでは、本書の「はじめに」と見本を提示する。読書時などに書き取った四字漢字を電子辞書（広辞苑第六版）やインターネットから意味や内容を引用し、編集したものである。小説や単行本では、四字漢字を多く用いる著者は意外と少なく、全く使わない著者もいたが、四字漢字に遭遇すると、その意味を調べたい衝動にかられ、これが本書作成の端緒となった。

　前述の広辞苑によると「熟語とは2つ以上の単語、または2字以上の漢字でできた語」、「一定の言い回しで、特有な意味を表す成句」とあり、語彙（ごい）とは、「1つの言語の、あるいはその中の特定の範囲についての単語の総体で、ある範囲の単語を集めて一定の順序に並べた書物」とある。

　本書のタイトルは、後者の「語彙」を採用し、その前に「四字漢字」を冠して「四字漢字語彙」とした。毎年、増補を続け、2022年12月末締めで最終版とした。最終語彙数は12,700で、400ページに達した。最終版は1部とし、コピー・製本した。

　なお、人物、地名、名所旧跡など、四字漢字の語彙なら何でも書き取り、広範な内容とするよう努めた（企業名は最小限記載）。また、第二次世界大戦後は、ノーベル受賞者や社会貢献者などを2021年09月末までを収集・記載した。また、

全ての四字漢字の後には（　）書きでその意味などを挿入し、分かりやすくした。

　また、増補を続けてきたが、インターネットや電子辞書を活用した方が効率的であるため、2022年12月末で締め、最終版とした。なお、読書時に書き留めた四字漢字をインターネットで調べ、追加した場合は、四字漢字の出所や文献名は省略した。また、物故者は、Wikipediaの西暦年ごとの物故者リストから選択・記載した。四字漢字語彙の事例は、次のとおりである。

あ：

合縁奇縁（あいえんきえん：人との出会いは不思議な縁によるもので、特に男女の仲についていうことが多い。人の交わりには自らの気心に合う、合わないがあるが、それもみな不思議な縁によるものであるという意で、合縁機縁・愛縁機縁・相縁機縁は類語）

愛玩動物（あいがんどうぶつ：猫や犬など愛玩（もてあそび楽しむこと）する目的で飼う動物）

愛国主義（あいこくしゅぎ：自分の国を愛する心を持つ態度・制度・体制）

相性奇縁（あいしょうきえん：人がお互いに知り合い結びつくものも、もともと不思議な因縁によるもの）

愛情行動（あいじょうこうどう：深く愛するあたたかな心を、

何らかの形で行うこと）

愛情表現（あいじょうひょうげん：相手に対して向ける愛の
気持ちを外面的・感性的形象として表すこと）

愛染明王（あいぜんみょうおう：衆生（しゅじょう）の愛欲煩
悩がそのまま悟りであることを表す明王で、全体赤色（後
に恋愛成就の願いもかなえる明王として、水商売の女性な
どの信仰の対象ともなった））

相対相場（あいたいそうば：相対売買（次項参照）で定めた相
場）

相対売買（あいたいばいばい：売り手と買い手が一対一の場
合、協議して契約を結び、互いに受け渡しの責を負う売買
法で、反意語は競争売買）

愛鳥週間（あいちょうしゅうかん：毎年5月10日以降の1週
間で、野鳥を愛護・啓発する）

愛知用水（あいちようすい：国土総合開発法の基づく総合開
発事業のモデル・ケースで、農業用水・上水道・工業用
水・発電の多目的用水事業）

会津戦争（あいづせんそう：1868年鳥羽伏見の戦いに敗れて、
恭順の意を表していた会津藩を新政府の東北征討軍が攻め、
降伏させた戦い）

会津八一（あいづやいち：新潟県出身の歌人・書家・美術史
家で、万葉風を近代化した独特の歌風を確立。代表作は歌
集「鹿鳴集」1881－1956年）

会津若松（あいづわかまつ：福島県西部、会津盆地南東隅に

ある市で、もと松平(保科)氏23万石の城下町。漆器・家具・織物を産し、飯盛山は白虎隊で有名)

愛別離苦(あいべつりく:親子・兄弟姉妹・夫婦など、愛し合っている者同士がいずれは別れることになる悲しみで、この世のはかなさを表したもの)

曖昧模糊(あいまいもこ:物事がぼんやりしていて、はっきりしないこと)

饗庭篁村(あえばこうそん:江戸生まれの小説家で、新聞記者で紀行文や劇評も書き、勧善懲悪的で、洒脱な作風で根岸派の代表作家とされる1855－1922年)

青息吐息(あおいきといき:心配事などが起きて、苦しさのあまり吐くため息。または、ため息が出るような状態)

青色申告(あおいろしんこく:事業を営む納税者で、あらかじめ税務署長の承認を得た者が、一定の帳簿書類を備え付けることを条件として、専従者給与の必要経費への算入、諸引当金の損金算入などの特典を受けられる)

青木昆陽(あおきこんよう:江戸生まれの江戸中期の儒学者・蘭学者で、救荒作物として甘藷(かんしょ:サツマイモのこと)を奨励し、死後に甘藷先生といわれた。8代将軍吉宗に命ぜられて長崎に遊学し、江戸における蘭学の基礎を築いた1697－1769年)

5-2　オンブズ活動

　62歳で退職し、「まず何から開始するか」を、種々考えた結果、納付した税金の使われ方が気になった。税金の徴収は厳しいが、その使途は費用対効果や優先順位などを考慮して対応しているかが明確ではなかった。最寄りの小学校、消防署支所、図書館、団地内の自治会などの実態を探って、改善する内容の陳情書をS市長に提出した。

　次に、自分が住んでいるS県やS市の税金の使途について、新聞沙汰になると、これを取り上げ、さらに掘り下げて、首長や議長宛に、陳情書を提出し、回答が来たが、いずれも紋切り型で、当初は性善説で対応したが、次第に性悪説に変わった。

　オンブズ活動は、短歌と直接的には関係ないが、長年の納税者で、その使途などについて、問題視して陳情した。社会人として、納税者の義務と心掛けることは、選挙権者と同じく重要である。興味ある18歳の受験生たちも、多忙な合間を利用して権利と義務などを、社会の一員として、オンブズ活動に関わって頂きたい。

5-2-1　S県議会とS県庁

　2009（H21）年から2021（R3）年までに、S県議会とS県庁への陳情書などは49件で、うち1件は県警本部に提出した。ここでは、次の2件（政務活動費と土地開発公社）を掲載するが、陳情の趣旨と陳情者の総括（提案）部分を、主に記述した（以

下、同様）。

5-2-1-1　Ｓ県議会（政務活動費）

　ここでは「令和元年度政務活動費について」、陳情の趣旨、陳情者の総括（提案）部分を抜粋した。まず趣旨は、「令和2年8月7日に、貴県議会の議会事務局総務課の情報公開コーナーにおいて、書面に「令和元年度の政務活動費（全会派分）の収支報告書」のコピーと記入し、購入して、3つの表（省略）を作成した。これに基づき指摘事項など整理したので、次のような陳情を行った。

　陳情は10項目に及んだが、重要な内容と判断して、全てを記載した。

(1)消費税増税や新型コロナウイルスによる経済の悪化や前述の調査活動の実態にかんがみ、納税者の立場から「第二の報酬」との指摘のある政務活動費の減額を要求する。具体的には、前述の3つの減額要求月額169,000円を、現行500,000円から減じた額331,000円に早急に改正し、実施することを要請する。

　これを毎年度繰り返すことにより、実態に即した必要月額に収束していく。この減額要求は、第1表と第2表の経年変化の傾向をみても、過去の数次にわたる陳情の改善はなされていないため、後二者はこれまで20％の削減要請を、今回から10％増の30％削減要請として減額し、現状合致した実効性を担保する。また、後掲(6)の4)の表にあ

るとおり、S県の市町村議会の厳しい実態への取り組みを
あわせ要求する。

(2)前項(1)の減額の理由の1つに、議員の働き方改革につい
て記述する。定例議会は、各年度4回で令和元年度の全議
会日数は68日(昨年度は18％(68/366)にしかすぎない)、
うち出席日数は61.6日(出席率90.6％)と欠席率は10％に近
い。欠席者の大半が、議長や副議長など要職の経験者が多
い。これら要職経験者は地域の将来像を目指して、「最初
の雑巾がけから再出発をすべきだ」と県民は期待している
が、それには、まず欠席日数を0(ゼロ)にするよう要請す
る。

　S県職員は、土日祭日と年末・年始を除くと、出勤日数
は244日(昨年度の勤務数の比率は67％)と、議員の3.7倍
である。以上の内容からS県民や納税者より、議員は何か
につけて優遇されている。県民の公僕でありながら、政務
活動費により誇張表現の多い広報紙を配布し、次期選挙の
準備に余念がないなど、今回のコロナ渦にあって怨嗟の声
は増大している。

(3)2016年7月21日のA新聞「政務活動費 後払い方式を基本
に」にあるように領収書を受け取り、妥当かどうかの
チェック後、採用された分について後払い方式で、当該費
用を支出するシステムに変更することにより、住民監査請

求も必要がなくなり、この後払い方式を全国に先駆けて実施されるよう要請する。

⑷2017年9月12日のＡ新聞（朝刊）は、全国オンブズ調査の「政務活動費を問う」で、「政務活動費 情報公開度ランキングで、Ｓ県議会が全国47都道府県議会の中で最下位」、これは「Ｓ県議会の支出の透明性の欠如が、全国比較の中で明らかにされた格好だ」と報じている。「Ｓ県議会が全国で最下位はイメージが悪く」、他の都県に行った際に、「Ｓ県に住んでいる」とは、恥ずかしく、惨（みじ）めで言いづらい日々を過ごしてきた県民は、現在も沢山いる。この報道から、もうすぐ3年を経過するが、Ｓ県議会の悪いイメージは払拭されていない。この新聞報道を真摯に受け止められ、再発防止のために、政務活動費運用指針などの改正を行うよう要請する。

⑸2018年4月14日のＡ新聞（朝刊）のオピニオン＆フォーラムは、「ニッポンの宿題」として「不正が続く政務活動費」について発表した。この中でＹ市議会のＫ議員は「甘いチェック 魔が差す議員」、Ｔ大学のＫ准教授は「性悪説に立ち 制度を改めよ」と論じている。

　このような議員の所業が真面目な議員の顔に泥を塗り、かつ、このような新聞報道がなされている最中も襟を正さず、県民の貴重な税金を偏った自己保身のために手を染め

ている実態が垣間見える。1日も早く汚名を返上し「不断の所業で明るいS県の実現を」、まず議員各位が、率先垂範されるようS県議会に要請する。

(6)A新聞(朝刊)は、2019統一地方選に関する特集を、本年3月に4回組み、報道した(次行からの1)から4)は、4回組みの日順を示し、1)は第1回目で3月17日)。

1)2019年3月17日のA新聞(朝刊)、議員の待遇1「県議83人、視察に年2,100万円」日当・夕食代も、うち17人は年5回も出張した。

2)2019年3月18日のA新聞(朝刊)、議員の待遇2「首都圏で最多の視察旅行に年2,100万円」、ポスト対策で、随行職員との差も歴然であった。

3)2019年3月19日のA新聞(朝刊)は、議員の待遇3「政務活動費ゼロ 町村議員の視察」はH村が公用車を使用し、S県議の年収の1/5しかない。

4)2019年3月20日のA新聞(朝刊)は、議員の待遇4「報酬・扱い 人事で差」、過去に贈収賄も、各会派の見方は生ぬるい。

区 分	年額報酬	政務活動費	左の政務活動費に関する特記事項
S 県議会議員	1,563 万円	600 万円/年	
S 市議会議員	1,355 万円	408 万円/年	
S 市議会議員	461 万円	12 万円/年	
M 町議会議員	430 万円	6 万円/年	
N 町議会議員	282 万円	ゼロ/年	町議は 10 名で、うち 5 名が町の公用車で
H 村議会議員	293 万円	ゼロ/年	村議は 8 名で、うち 4 人が村の公用車で

(注) 年額報酬の万円未満は四捨五入。上から 3 番目の S 市は S 市内の市で最上位、M 町は S 県内の町の中で最上位、N 町は S 県内の町の中で最下位（上表は掲載されていた表を、陳情者が修正）

この表と記事の中から、次の3点とこれに関する陳情者の
コメントを記述する。

1)N町議会が、最後に視察に行ったのは、2016(H28)年7
　月で、N県K村の高齢者施設の視察で、日帰りの高速料
　金とガソリン代は町が負担したが、町議への手当てはゼ
　ロであった。

2)H村議会は、人口減少が続く唯一の村で、2018(H30)年
　10月にN県離島のA島(A村)に1泊2日の視察を行った。
　宿泊での視察は、2013(H25)年以来であった。A村で人
　口増加しているとの情報を得た村議が提案し、実施され
　た。この村では小中学校を維持するため島外からの「し
　おかぜ留学生」を受け入れていた。H村は、この視察に
　宿泊代込みで村議1人当たり13,000円の手当てを支給し、
　高速料金とガソリン代などは、H村が負担した。

3)A新聞の調べで、政務活動費は埼玉県内の6市と全23町
　村が12万円以下、うち10町村はゼロで、年100万円以
　上の市は、S市とK市のみである。63市町村の年平均は
　約29万円で、県議の1/20未満であった。県議会は2020
　(R02)年4月から、政務活動費のインターネット公開を
　開始した。

　S市議会は、2019(R01)年4月から政務活動費をインター
ネット公開を開始し、この6月から閲覧を開始した。S市
民である陳情者は、これを利用したが、「いつでも閲覧可

能で、領収書等などもコピーできる」ため住民監査請求を1件行い、監査事務局は受付けた。これからは、S県議会の政務活動費についても、インターネット閲覧により、住民監査請求や裁判所などへと手続きが増加することを期待する。

　以上のように同じS県内にありながら、格差が拡大し、厳しい対応を余儀なくされている自治体の実態を、優遇されすぎるS市議会の全議員は肝に銘じ、再度、前述の政務活動費の削減（減額要求月額169,000円）と当該費用の有効的な活用に、早急に取り組まれることを要請する。

(7)地方自治体の職員が努力して削減しても、多選の悪弊を背景に権力者と化したドンの一声で巨額な予算（税金）が利益誘導により、不当に使われるケースが多いことも分かった。敬（うやま）われるドンであれば、優先順位に配慮し、費用対効果を重視した議会運営が可能になるが、このような悪弊を議会風土から一掃するため、貴職は県民各位に議員への立候補の機会を多く付与し、常にフレッシュで、やる気のある議員を確保するため、議員の多選禁止（3選まで）の条例制定を要請する。

(8)貴県議会は、「英国のように議員活動は、ボランティアにより実施し、その方法は日当制で、交通費は実費支給とし、土曜日や日曜日にも議会や委員会を開催するという英国方

式の導入の時期が来ている」と思料する。

　貴県議会は、さらに米国や英国に議員を出張させ、議員定数の削減を含め、先進議会の事例を積極的に調査・研究させて、その成果を他の都道府県にさきがけて実践すべきである。なぜならば、前掲(4)にあるとおり、貴県議会は全国的に、最下位に低迷しおり、これらが回復できる唯一の方策と考えるからである。

(9)国立社会保障・人口問題研究所の2018(H30)年の都道府県人口推計によると、「S県の人口は、2015(H27)年7,267千人、2030年7,076千人、2045年6,525千人と2030年より減少に転じる」とある。これは2020(R02)年3月頃からの新型コロナウイルス対策の1つの①テレワーク、②首都圏、とくに東京都の感染状況、③東京への通勤都民などの予測は加味されておらず、前述の人口減少に拍車がかかるものと思量する。首都圏は人口減でスカスカになるという識者もいる。古来より、「蟹は甲羅に似せて穴を掘る」という言葉があるが、議員定数も、これからの人口減を考慮に入れると、現在の50%程度で十分だと考える。また、S県管轄の各種施設やインフラも、今から人口減に合わせた対策を講ずるべきで、人口減は各種の税の減少に直結し、結果的に税収減になるからである。

(10)S県に関するオンブズ活動として、現在までに貴県議会12

件、県本庁と出先機関35件、併せて47件（うち県警本部を除く）の情報開示を請求し、その都度、陳情してきた。ムダ遣いや改革の本丸は貴県議会に、二の丸は県本庁とその出先機関にある。これからは性悪説に基づき、オンブズマンの仲間と連携して、しっかりと監視し、住民監査請求・裁判所の調停などに取り組む所存である。また、S県の予算は、全体の20％が削減可能であり、この削減される金額を減税に回すほか、コロナ対策など社会状況を踏まえた優先順位や費用対効果の順にあわせた真摯な予算審議に努められるよう要請する。

　貴議会の議員は「当選が目的ではなく、当選後に頭を使い、背に汗をかく努力の積み重ね」を信条とする公僕としての働き方が重要である。議員各位は県民の負託に答えるべきであり、常に、県民目線で、政務活動に専念されることを、切望している多くの納税者の意を酌みながら、「貴県議会は、前述したように依然として、信頼度が下位に低迷」しており、近い将来に信頼をV字回復されるよう期待する。

5-2-1-2　S県庁（土地開発公社）

　この陳情書の件名は、「土地開発公社に係る2012（H24）年度事業実績調査」について、その理由と費用対効果について陳情する。まず、理由は2014（H26）年1月18日付け、A新聞朝刊に「5年以上塩漬け9割超で、1,300億円に」の記事があ

り、さらに、詳細な内容を知りたく1月24日に公文書開示請求書を提出した。2月4日付け県第●●号にて公文書開示決定通知書を受け、2月7日に情報公開コーナーにおいて、企画財政部市町村課の担当者と面談し、資料を購入し、次の2点について陳情する。

(1) 土地開発公社について

　購入した資料によると貴県の土地開発公社は40あり、2012(H24)年度末の保有額は1,420億円(同保有面積は133.2ha)となっている。このうち5年以上保有額は1,342億円(同保有面積は122.3ha)で、このうち10年以上保有額は1,267億円(同保有面積は96.3ha)である。10年以上保有額の比率は、全保有額の89.2%(同保有面積では72.3%)となっている。

　一方、2009(H21)年8月26日付け、●第●号で●省●局●室長名の「土地開発公社の抜本的改革について」にあるとおり、「原則としてすべての土地開発公社を対象として、その存廃を含めた検討を行ったうえで抜本的改革を集中的、かつ積極的に行う必要がある」と記述されており、前述の新聞報道にあるように本年3月より開始予定の「自治体への低利貸付制度」を活用し、少なくとも10年以上の保有額と保有面積については、早急に処分計画を立てるべきである。

(2) 費用対効果について

　税を執行する場合、常に費用対効果の観点からチェックす

る必要がある。有利子の保有額を抱え続けることは費用対効果の観点からもマイナスとなる。

　また、政令指定都市のS市は、昨年12月に土地開発公社を清算・廃止したと聞いている。その内容は承知していないが、税金の無駄遣いは多くの県民や納税者の関心事となっている。

　土地開発公社について費用対効果の評価方式を確立し、その方式によって傘下の40の公社をランク付けして費用対効果の低い順に、前項の処分計画に則り、整理されるべきである。

5-2-2　S市議会とS市役所

　2009(H21)年から2021(R3)年までに、陳情書などを67件提出(うち市議会へは28件)したが、ここでは、次の2件(住民監査請求と情報開示)を参考までに掲載する。

5-2-2-1　S市議会(住民監査請求)

　この請求書は、「S市職員措置請求書」で、その要旨はT議員(個人情報のため省略)について、2019(R01)年度政務活動費の支出である(一部省略)。

(1)資料購入費

1)損害は政務活動費に相応しくない資料(省略)を購入しており、公費の無駄使い

2）措置請求は、54,700円と後払い制の導入により公費の無
　駄使いを削減

(2)事務所費（自宅が事務所を兼ねる場合）
　1）損害は、①領収書等貼付用紙が分かりにくく、議会局と
　　の電話による確認用電話代、②政務活動費の使途運用指
　　針が甘すぎ、事務所費が過大である。
　2）措置請求は、195,917円と①の領収書等貼付用紙は固定
　　費・変動費と公費・私費を区分した領収書を議会局が準
　　備し、別々に徴収させ貼付、②限度額の設定などの使途
　　運用指針を改定、③自宅の外壁に議員事務所名の明示も
　　ない。

(3)領収書と集計表の照合（集計表の4月分の収支の未計上は、
　議会局のチェックミスの可能性もあり、議会局主導で対
　応）で、一部省略
　1）損害は、①Ｔ議員の領収書等貼付用紙と集計表（省略）
　　の4月分とを照合して残額が一致しないことが分かり、
　　②さらに、チェックすると4月分は会派や関係議員の収
　　支が、すべて0（ゼロ）計上、③従って残額も不一致と判
　　明した。なお、4月分は支払明細書のみで、領収書貼付
　　がない。
　2）措置請求は、①会派と関係所属議員の領収書から同集計
　　表に4月分を計上しないと残額が確定しない。②残額が

過剰であれば自己負担し、余剰が出れば返納することになっており、このままでは過剰額や返納額が決まらない（原因の究明と集計表の修正を早急に実施し、次に現行の使途運用指針を改定するよう要求）

地方自治法第242条第1項の規定により、別紙の事実証明書を添え、必要な措置を請求した。2020（R02）年8月7日付け、S市監査委員宛に提出し、M区役所で縦覧に付され、裁判所での調停する旨の通知がきたが、手数料が約3万円で、年金生活者としては自弁しがたく、取り下げた。後日、A新聞の地方版に掲載されたのは、この請求の(1)は旧統一教会からの資料購入と判明した。

5-2-2-2　S市役所（情報開示）

2020（R02）年3月13日に、標記の件名について情報開示を受けた。本件については、7件の開示資料のコピーを要求したが、黒塗りつぶしが、全面に及ぶ場合はコピー不要とする。後日、改めて実施機関（担当課）の担当者と相談し、日時設定の上、説明を願う。ここでは、総括（要望や提案のみ）を記述する。

(1)環境影響調査

　当方から、2月29日に有志（代表S氏）の呼びかけで開催された「心配ごとや要望を語る会」において、住民組織を

代表する形での水害や地盤沈下の心配が提起され、また環境破壊のおそれ等の様々な問題が出て、住民の一致した要求として環境影響調査を実施してほしいと伝えたところ、S市側は「環境影響評価の実施については、施設の規模がはっきりしていないので、規模が明確になった段階で実施するかどうかを決める」と回答であった。当方より、Mの2丁目、4丁目を相変わらず切り離して扱うのかと問い詰めたところ、「環境影響評価の要否の判断にMの2丁目、4丁目を統合すべきかどうかも検討対象とする」と答えた。これに対して当方より、「水害や地盤沈下への環境影響調査を直ちに実施しなければ基本計画も立案できないのではないか、直ちに調査を行うべきだ」と強く指摘した。

(2)行政情報のコピー・・・一部割愛

　黒塗りの目的を尋ねたところ、「金額に関わる記載があるところは、内部情報であり公開は無用の混乱を招くと判断した。多くは、Mの2丁目、4丁目の図面の中に「と畜場」や「道の駅」の場所が書き込まれており、地主間で無用な摩擦が生ずることを恐れたためである」との回答があった。また、A3のページは片面印刷であるが裏側にも紙が貼ってあることからその理由を聞いたところ、「裏から透かして見えてしまうのを避けるため」との回答であった。随分と慎重であると感心した。

(3)S市議への情報開示

　S市議は報告書を見たことはあるかと聞いたところ、「S市の報告書をS市議が閲覧する場合も、一般市民と同様にS市長に対して開示請求を行う必要がある点は変わらない」との回答があった。

(4)外部に発注した報告書について

　成果品であり、評点している。プロジェクトでは、工事も業務も全て、現場主任・同副主任、係長、課長補佐、課長が採点表に記入・押印し、年度末の表彰や次年度のための指名などに活用した。当方にとっても工期が守られ、かつ良質の成果品が得られることで、一石二鳥とのことであった。

(5)M田んぼについて

　S市側からMの2丁目、4丁目は「M田んぼ」ではないとして地図を示されたので、当方より、既に地図で当地区が現在は「M田んぼ」の区域から外れていることは承知しているが、治水能力という点では「M田んぼ」に匹敵しており、治水機能を維持していく重要性は全く変わらないと主張したところ、市側も同意した。

(6)A新聞社説から

　去る3月22日の朝刊は、社説「災害と住まい　危ない土地には規制を」いう題目を、自然災害の実情を踏まえた法改正

への動きとして論じた。政府は都市計画法などの改正案を、先月閣議決定し、今国会に提出している。

その主眼は、「①出水や土砂災害などの危険性が高い「レッドゾーン」は、居住を進める区域から除くことを徹底する、②そこでは事務所や店舗などの開発を原則として禁止する、③市街化調整区域内にあっては浸水被害が予想される「イエローゾーン」で、住宅開発の許可を厳しくする、などで、「行政の勧告に従わない事業者の氏名を公表できるようにすることも盛り込まれている」と報じている。

今回計画策定中のMの2丁目と同4丁目も、この改正案にまさしく合致しており、S市は、この法改正の動きを見極め、成立後に再検討を行うべきである。

⑺動物の犠牲減から培養肉・代替肉へ

2019(R1)年5月、200人以上の科学者・政策専門家が、WHO(世界保健機関)に「肉の代替品を」という公開書簡を送った。その副題は「培養肉(クリーンミート)・代替肉(植物肉)～動物の犠牲の無い肉の時代へ」とある。クリーンミートは培養肉と訳され、動物の個体からではなく、その可食部の組織培養により得られる肉のことで、①動物飼育・管理による重労働から解放され、②動物を監禁して殺すも必要もなく、③環境汚染(糞尿や食肉処理による河川などへの汚染)もない。

代替肉はクリーンミートと同じく動物の犠牲がなく、

「植物由来肉」ともいわれている。代替肉の市場拡大は、食肉業界にとっても、すでに大きな脅威になっているが、「食肉業界がどんなに躍起になって代替肉を阻止しようとしても、その勢いを止めることはできない」としている。前述のように脂質異常症という人の病魔を軽減できるからでもある。

　皮肉にも、培養肉と代替肉の研究開発は、米国が断トツで、多脂肪の屠殺（とさつ）肉は強制的にでも、他の国の人々が食べるように仕向け、低脂肪・無脂肪のものを米国人に提供する魂胆がみえる。

　カナダ政府は2018（H30）年8年11月に、植物性蛋白質に1.53億ドルの投資を発表した。また、市場調査会社●●は、「米国と英国の成人の半数以上は屠殺肉の消費を減らしたいとの調査結果」を報告している。さらに、①環境への悪影響、②病気のリスク、③動物への虐待、④生産農家の重労働、⑤関係機械や施設へ巨額の投資など「畜産には何も良いことがない」として、ESG（環境・社会・企業統治）投資の観点から「畜産から撤退する投資家」も出ている。

　日本でも、2019（H31）年3月には培養肉のステーキ肉について、Ｎ食品とＴ大学生産技術研究所が共同開発を開始した。

⑻地域住民からの要求
　水害防止対策、地盤沈下防止対策、地震時の安全性確保

対策、臭い等を含む環境衛生面の悪化防止対策、交通渋滞
解消対策等が確実に図られていることが前提となる。

(9)オンブズマンとして
　S市に対し11年間で39件の陳情書を提出してきた者と
して「ヒト・モノ・カネ」に対する柔軟性のある対応や配
慮が、S市には欠如している。今後は、納税者や有権者な
どの目線が、さらに厳しくなることを肝に銘じ、貴職の公
僕としての率先垂範による手腕を期待する。この件につい
ても、地元住民に疑義を抱かれぬように、特段の配慮をお
願いする。

5-3　農牧林業技術用語集の作成

　この作成については、1988(S63)年3月に国際協力事業団
(JICA)P事務所長の序を次に記載する。
『農牧林業に関する技術用語集は、当国、Pはもとより、ス
ペイン語を使用する国々の関係者に久しく待望されていた書
である。この用語集には、農業、畜産、林業、水産、経済、
国際協力及びコンピューター用語等、約13,000語が集録され
ており、関係者の方々が是非、座右において活用されんこと
をお薦めする。
　本書の編集にあたったS専門家は、P共和国農牧省の技術
官房局へ、農業開発企画の専門家として、国際協力事業団か
ら派遣され、この3月で4年間の任務を了することになった。

この間、同専門家は、技術用語集の必要性を痛感し、昨年より日系移住者の子弟3名の協力を得て、ここに上梓する運びとなった。ここに、S専門家及び関係諸氏に深謝の意を表すると共に、本書が有効に活用され、日パ両国の交流が益々深化することを期待したい。』

この技術用語集は、和西と西和で、それぞれ約530ページあり、前者は2,000部、後者は1,000部がJICAにより印刷され、P国農牧省の関係機関のほか、中南米のスペイン語の諸国へも配布された。

5.4　海外紀行の作成

この海外紀行は、メキシコ国のJICA短期専門家時から、現地での出来事や日頃の読書メモなどをもとに作成したものである。この紀行は日誌風で、出国から毎日の出来事などを数行にまとめ、最後に歌詠した1首を添えたものであり、メキシコ、エジプト、パラグアイ、ブルキナファソ、チリ、キューバ、エクアドル、エチオピア、ヨルダンの9カ国で1,102首を海外紀行（394ページ）としてまとめた。9カ国のうち数カ国では、短歌の歴史などを説明したが、興味を示す国と示さない国に分かれた。これら1,102首は万歌集に、全てを挿入した。

この海外紀行は、自前で、20部をコピーし、製本は外注して、子どもや近親者を対象に配布した。この配布先からの反応は、「現地での苦労や生活振りが理解できて、参考に

なった」との声が寄せられた。

〔閑話休題：ここでは、アフリカの政府開発援助（ODA）調査は、9カ国に及び、サヘル地域の3カ国（N国（4回で540日）、B国（7回で452日）、M国（2回で62日）について記述する。なお、（　）内の日数は回数ごとの出国から滞在、そして入国までの全日数の合計で、M国へはN国から陸路ではなく、飛行機による渡航日数である。

ハルマッタンは、秋から春にかけて発生する貿易風の砂嵐のことである。航空機内からと国道走行中に遭遇した。前者は砂嵐の真上を飛行したが、何か不気味な恐怖を感じた。後者は、北海道での雪嵐のように、横殴りで吹きだまりができ、走行不能の状態にも遭遇した。吹きだまりでは、雪かきでなく砂かきが必要で、四輪駆動のジープでも立ち往生を、度々余儀なくされた。

マラリアの蚊は、夕方に、血液から繁殖用の栄養源を確保するために、メスが刺す。4日間程40度前後の高熱が続き、自分は長袖の上着に長ズボンと編み上げの靴を着用し、1,000日超を乗り切った。出国前にマラリアの予防接種をし、現地ではチーム内にマラリア患者が出ると、フランス製の抗マラリア薬を服用した。

N国では、実証調査中で、その圃場までの間に、利根川の流域（16,840㎢）クラスの川を横断する。乾季は水無（みずなし）川で、雨季になると橋を越流して通行不能となる。乾季

に入ると、徐々に流水が減り、やがて水溜りができる。底には淡水魚が残る。近くの住民は、これを蛋白源にするが、凹地の底の堆積土の中に潜り込み、休眠する魚などもいる。住民たちは、この堆積土を大きなレンガ状に切り、天日干し（現地語でアドベ）して壁を作り、屋根は垂木（たるき）にトタン板で覆い、釘付けするが、雨季の大雨で壁が崩れて死者も出る。この壁の中にいた休眠中の魚が目を覚まし、出てくるという。

　水たまりには、オタマジャクシがいることもある。日本では、短くても1.5カ月を要するが、ここでは約1週間後には、手足が揃い2cmほどのカエルになる。日中は石や倒木の下に隠れて、夕方から夜にかけて、這い出てきて虫などを捕食する。

　また、池には背びれなどに、引っ掛けるトゲを有する魚がいて、鳥などに捕まると、このトゲでしがみつき、近傍の池に鳥がその魚を払い落とすと、そこで繁殖する。

　最後に、鳥の糞について記述する。ホテルのベランダには、日本の錠剤によく似たものが散らばっている。よく見るとハトの糞で熱帯では水が乏しく、固形物である。また、大きな樹木の下を歩くと頭に糞が当たることがある。見上げると大きな鳥で、一部は胸のシャツのポケットに入ったが、匂いはない。果実など植物の摂食のため？』

第6章　五万首までに得られた知見

6-1　高齢者の方々へ

(1)ストレス解消

1)毎日曜日の朝刊のＡ歌壇では、最近、コロナウイルスやウクライナなどの短歌が増加しており、大いに社会にアピールされ、これに触発されて、「今朝のＡ歌壇を読んだ？」が、挨拶代わりになる日が待ち遠しい。

2)特に、昨今の選挙では、選挙権を有しながら棄権し「投票率が最低を更新」や「無投票当選者が何十％」の報道が出ると、「権利を有しながら、その義務を果たさない」または、「無投票になるよう調整や談合の横行がある」との風聞を信じたくない。投票を誘引する標語に短歌などを導入すべく、地方自治体の選挙管理委員会に、関係法人や歌壇などは働きかけるべきである。

3)大型周遊船による旅行案内が、テレビや新聞などで宣伝されているが、余興の1つに、この航行中に短歌を広めれば、客同士や外国人との交流で、リラックス効果が期待できる。また、バス会社は観光ツアー開始時に短歌を募集する旨の説明をし、このツアーの終了後に抽選して、薄謝を進呈すれば観光客の増や短歌への関心度が高まるものと期待する。

⑵実務経験を踏まえた行動

　1)経験が豊富で、これを貯め込まずに、短歌に折り込み、
　　特に一言居士の先輩として、社会に大いに還元し、貢献
　　すべきである。

　2)高齢者の中には、短歌を介して、海外の現地人と交流さ
　　れ、帰国された方もおられると思うと「もったいない」
　　感じがする。ウクライナから日本に避難された方々の
　　「心のケア」にも、短歌を役立ててほしい。

6-2　受験生の方々へ

⑴入試などの傾向と対策

　2022(R4)年3月31日のA新聞朝刊に、「大学入試によく出
るA新聞の記事を使った小論文対策教材：中学3年から高校
生が対象で添削指導付」の広告が掲載され、「読解力・思考
力・記述力をつける！」とあった。

　また、前述したように、外国語の和訳では、後半の終わり
の部分に難解な部分(壁)があり、必要な数行をあけて、最後
の部分を先に和訳して、前半の部分の文脈から類推し、難解
な部分を和訳して、このスペースを埋めると、正解率がアッ
プする。

　入試などでは、ある文章から作者の意図する内容や受験者
の感想などをまとめる設問や、就職後にも講演やインタ
ビューの要旨をまとめる頻度が増しており、出張の復命も機
知に飛んだ内容のあるものが期待されている。A新聞では社

説や天声人語など、NHKなど番組では、5分もの（名曲アルバム）、10分もの（視点・論点）など、これらの速読術や読解力を積み重ねることが可能である。これには短歌的な思考が最適で、だらだら読みでなく、きちんと鉛筆の先で追いながら、要点を箇条書きにまとめるなどの手法をお勧めしたい。このような不断の地道な積み重ねにより、前述した「脳の中に、水を吸い込む砂のような空間、即ち脳への蓄積空間」が受験生の皆さんに長期に出現し、合格に直結することを願っている。

(2)複数語の学習

　最近は、バイリンガルやトリリンガルに挑戦する人が増加している。日本人は外国語が苦手で、国連や国際機関などには日本人枠があるにもかかわらず、残念だとよく耳にした。自身は「スペイン語訛りのフランス語」と揶揄されたが、気にせずにしゃべりまくった。受験生は中学・高校時の外国語を集中的にやり、例えば、英語を身につけ、就職が内定してから、バイリンガルやトリリンガルへの挑戦でも遅くないと思っている。趣味で学習するなら別だが、目標が決定した方々は、身が引き締まり、次へのワンステップアップにつながるケースもある。国連の通常の使用言語は、参考までに記述すると、①英語、②フランス語、③アラビア語、④中国語、⑤ロシア語、⑥スペイン語の6カ国語である。

　若者が発展途上国に赴任する場合は、スペイン語、ポルトガル語、英語、フランス語などが、赴任国では、旧植民地へ

侵入した当時の大国の母国語が根付いている。現地人は流暢に話すが、会話時には十分に、日本人の外国語に対する背景や取り組みも配慮してくれるので、日々の生活に困らない程度の最小限の語学は身につけ、現地での調査などを通じて習得する。特に、現地の学校の先生を家庭教師に雇い、土日や平日の夕方などに学習する。

　JICAの短期や長期の専門家の場合は、1カ月報告を現地の公用語で書き、これを前述の家庭教師に添削してもらい、そしてカウンターパート（先方の相手、例えば担当の局長や教授など）に説明・確認し、現地語版を関係先に配布する。そして日本大使館やJICAの現地事務所には、それに和文を添えて提出する。この1カ月報告を3カ月ためて、3カ月（四半期）報告とする。そして、四半期報告をためて、年報告とすることで、容易に纏めることができ、現地の家庭教師は有難い存在である。さらに、家族同伴の場合は、家族も自費で語学の勉強ができ一石二鳥できる。子どもが日本人学校か、現地校に通学すれば、海外子女として履歴書に記載できる。

第7章　関係する法人や協会への提案

　1つのライフワーク「短歌」を開始して、「短歌を詠む」視点で、宇宙間に存在する数限りない有形物の森羅万象のほか、政治・経済・音楽・美術・健康などについて取り組んで、60有余年が過ぎた。そして五万首に到達した。ライフワークとしての短歌は、毎年、万歌集にまとめ、自宅でコピーし、外部製本してきたが、少しずつ試行錯誤を重ねた。これまでの短歌（万葉短歌＝旧短歌）というものを、いつも頭の隅に置きつつ、歩んできた。

　最近、マスコミでもコンピュータ用語が多くなった。例えば、ⓐ人工知能はAI（エーアイ）Artificial Intelligence、ⓑ知能増幅はIA（アイエー）Intelligence Amplificationや分野によっては、同じ略語でも分野により意味が異なる場合もあり、短歌ではAIやIAの説明のための詞書（ことばがき）が重要になる。短歌では31文字の字数の制限があるため略語を使用し、字数を抑える必要がある。

　今後、日本文化の1つである短歌は、前述したように、自身による「海外での歌詠の経験」から、海外でも大きな伸び代があることが分かった。その筆者の経験とは、海外でのODA調査時に、相手国に入国・出国する際には、必ず日本大使館を表敬し、挨拶や報告を行うが、この際には現地の短歌の説明とその反応をもとに、短歌も話題にした。その理由

の1つとして在外公館では、日本文化を伝達・普及すること
に力を入れており、短歌の話は、常に注目された。

　また、歌詠は、前述したように受験者や若者に必須の洞察
力・考察力・思考力・比較力などを満たしてくれる素材であ
ることも体得した。高齢者の認知症対策については、前述の
ように「忘れる以上に、詰め込む」方法が正解であることが、
証明された。3万首から4万首の間に前述した2著作を刊行し、
これに関連した2つのCD（邪馬台国讃歌と恒久平和讃歌）で
の作詞時には、すらすらと歌詞が出てきた。CDは音楽会社
に依頼したが、作詞については、先方からの修正などもなく、
1回でクリアーできた。おそらく、詰め込みが連日に及ぶと
脳のある部分が活性化して、惚（ぼ）ける暇とその隙間がなく
なったと思われる。「度忘れ」も少なくなり、「度忘れ」して
も、程無く思い出すことができるようになった。

　さらに、退職後は、昼夜逆転の朝型にし、昼寝を挟んで1
日を2分割する方法に切り替えた。家内とは真逆で、1日24
時間をみると、2人の睡眠時間の重なりが少なくなり、真夜
中の地震への対応にも好都合である。テレビ番組から歌詠す
る場合は、1週間（土日と平日に分割）の独自の番組表を作成
し、見逃しがないように、この表の時刻をチェックしつつ、
規則正しい生活を送ることができるので、一石二鳥である。

　ここでは「新短歌」と銘打って、次の提案をするので、関
係する法人や協会などには、次の6つの提案に対して議論を

進めて頂きたい。

1) 旧短歌の1首の字数31字で、五七五七七にそれぞれプラス1字増で、新短歌で36字以内とする。その理由は、日本語は主語や言い回しが不明で短文調だが、最近はカタカナが多くなり、外国語は主語や言い回しが明白で、36字は長文調と理解する。外国語の場合、現地語で書き、和文にした字数を36(六八六八八)字以内とする。

2) 新短歌の詞書(ことばがき)は、読者の理解が得やすいように出所、AIやIAの説明(最初は正式な文字で記述し、次からは略語)を含め、詠んだ趣意の詞書(ことばがき)は、和文換算で5行(1行40字で、200字)以内を、原則とする。

3) 新短歌は、全て横書きとする。例えばAIやIAは、旧短歌の縦書きに現地人には馴染まず習得が難しい。

4) 国外では、在外公館(大使館・領事館など)における日本文化イベントで、まず、日系人の多い国々から、国内では外国からの留学生や実習生などの受入れ時に、短歌講座を設定するよう、関係者省庁や都道府県などに働きかけて頂きたい。また、地方自治体では、友好姉妹都市を提携している場合も多く、地方自治体の議員の海外出張先にもなっている。オンブズ活動で、友好姉妹都市への出張報告書を附属図書館で読んだが、議員の殆どは、同行者の職員任せで、大部分は物見遊山(ものみゆさん)的海外出張報告書のため誤字脱字も多く、報告書の体(てい)をなしておらず、観光旅行で税金の無駄遣いは目を覆うばかりである。税金のム

ダ使いと揶揄されないように、背中に汗をかくよう短歌を
身につけさせ、文化交流の橋渡し役を負わせる手もある。

5)2022年11月3日のA新聞朝刊31ページの教育欄には、万
葉集を取り上げ「国民歌集」を「人類歌集」への特集記事
があった。T大学のS教授は「短歌を日本人のための国民
歌集として、囲い込むのは、もうやめにしては」と訴え、
多くの留学生が関心を寄せ、海外の研究者が優れた論文を
書くようになった今「国民の上に人類のアイデンティティー
を置いて、短歌を読むべきではないでしょうか」と説明さ
れており、前掲1)から4)の著者の考えにも合致する。

6)前掲5)を踏まえ、季語を原則なくする。その理由は地球
温暖化の影響で、温帯地方も気候が温暖化していること、
熱帯地方の諸国は暑い日が長くなり、季語が現実的でない
地域が多くなっている。

『閑話休題：これまで文章の合間に閑話休題を挿入してきた
が、これで終了とする。①長年、飼ってきた熱帯産の文鳥は、
ベランダでの寒さに耐えることが出来ずに亡くなったが、飼
い主の再三再四の不注意であった。②鯉の丹頂は、いつも元
気でいるが、飼い主より長生きする可能性が高く、どうする
か、思案中である。』

あとがき

　亡母の遺稿集には、「**五月晴　家族みんなで　種を播く　丈夫に育てと　心を込めて**」のほか、35首の短歌がある。これを知ったのは、ライフワークに短歌を選んでから、約40年後のことで、この偶然性に驚いている。

　高校時、体育祭の長距離の練習中の2度の血尿で腎臓に大変な無理をかけたので、薬草を煎じて、1.5リットルの容器に入れ、冷蔵庫で冷やし、愛飲している。その薬草の4種は、何れも会員となったゴルフ場の周辺で採取・乾燥させたもので、①ヨモギ（キク科で、排泄促進や毒素の排泄など）、②ドクダミ（ドクダミ科で、解毒など10の薬効）、③ゲンノショウコ（フウロソウ科で、健胃腸整など）、④ヘクソカズラ（アカネ科で、皮膚の炎症などに効能）を、週1回、1カ月で一回りするが、この方法を12年継続中で、これらの薬草の効能に感謝している。

　薬草の宝庫の南米P国滞在中からの習慣で、国内業務中は、尿蛋白などが職場の健診で、長期にわたり確認されたが、最近の「S市後期高齢者健康診査」では、良好な結果が出ている。「禍を転じて福となす」で、一病息災を自認している。薬草を煎じて、お茶代わりに飲む習慣を高齢者の方々にお勧めしたい。

　著作「我がふるさとは邪馬台国　長崎・松浦」のCD「邪馬

190

台国讃歌」と「長崎からの手紙」のCD「恒久平和讃歌」の2つの讃歌は自らの作詞で、前者が「荒城の月」をモチーフにした2分35秒、後者がアメリカ民謡「ともだち賛歌」をモチーフに2分19秒、合わせて5分弱である。2021（R03）年5月の心臓弁膜症の術後の経過観察中で疲労がたまるとベッドに横たわりながら、毎日、数回、口ずさむ。いろは歌と2つの讃歌が「至福のひととき」で癒されている。

今後は、許される歳月と今までに蓄積された知見を有効に利活用して、各編の別冊化などの集大成、即ち12分野のうち、例えば健康編を0001から6,174までを別冊に製本などを予定したい。

高卒後、担任のT先生に、捲土重来の葉書を出して以来、辛い時は、歌詠や夜間に煌めく星座をながめて、励んできた。受験生や学生の中には、農業の手伝いや奨学金など、自身の境遇に近いか、または似ている方々が沢山おられると思い、自身の来し方が、彼等の拠り所や応援歌になればと期待している。

最後に、亡き母の遺稿集から7人の子の成長を見届けた心境「**羽ばたきて　大空遠く　去りし後　無事を祈りて　両手合わせる**」を披露する。母は1994（H06）年11月29日に82年の生涯を閉じた。

補遺

　2022(R04)年8月19日、A新聞朝刊のAI短歌のイベントが特集されていた。ここでは、A新聞の短歌投稿欄「A歌壇」の1995(H7)年5月から2022(R4)年6月までの入選作品から約5万首を収録したとある。

　現存最古(西暦759年から約350年間)の歌集である万葉集は4,516首、西暦900年初頭の古今和歌集は約1,100首(全20巻)、西暦1200年初頭の新古今和歌集は約1,980首(全20巻)と、歌人与謝野晶子氏の、歌集と拾遺あわせて25,232首をAI処理して、公表して頂きたい。さらに、今回、ここで提案した内容を短歌に関係する法人や協会に検討して頂き、この結果を「日本の短歌界の未来を見据えたあり方」として公表して頂きたい。

　また、2022(R04)年8月29日、NHK Eテレの視点・論点では、Tsu大学教授のK女史が「31文字が織りなす世界の魅力」と題した再放送があった。この中では、2024(R6)年のNHK大河ドラマは、"光る君へ"と題し、紫式部を主人公に放映が予定されている。これまでの大河ドラマとは異なり、平安期では戦いの場面はなく、男女の恋歌725首について各場面を添えて放映されるという。放映の概要は「桐壺更衣が、桐壺帝の寵愛を受け、光源氏が誕生してから12歳までを、紫式部の視点から描かれる」予定で、興味津々であるので、長生きして、是非、視聴したい。次の丸角囲みは、前述の再放送の内容を歌詠し、万歌集本編に掲載した一首である。

48,894　2022.08.29　NHK Eテレ：視点・論点（第一線からの言葉）〜31文字が織りなす世界の魅力（Tsu大学教授：K女史）2024（R6）年のNHK大河ドラマは、"光る君へ"と題し、紫式部が主人公（平安期の戦いなしの男女の恋や悲哀を、場面を通し725首を披露予定）桐壺更衣は、桐壺帝の寵愛を受けて、光源氏が誕生（桐壺は源氏物語第1帖の巻名で、光源氏の12歳までの物語）

光る君　乳母の病床　見舞時に　夕顔に会って　互いの想いを

　短歌五万首到達で得られた知見は、高齢者には、①忘れる以上に脳に詰め込むこと、②パソコンを使い、遺稿集の作成や遺言の別添資料などを打ち込むこと、③1日あたり延べ1時間は本を読むこと、④頻尿は、少し我慢することで平滑筋が鍛えられ、回数も減ること。受験生には、①テストで間違った問題はそのままにせず、担当教諭に正解を教えてもらい、類似の問題に挑戦し、自分のものにすること、②ライフワークを決め、この事を頭の隅に置き、メモを取ること（ライフワークの変更も可）、③入試に当たっては、当該校の過去問を調べ、弱点を克服しておくことを再度、ここに記述する。

　写真8011（p197）に示すごとく、万歌集の本編の14冊（2009年版のみ本編と各編は合本）は、全5,054ページに及び、60有余年のライフワークとしての歌詠の長さとともに、その重さを示したものであることをお伝えしたい。ここで得られた

知見は、歌詠者の血となり肉となった。子々孫々までライフワークが人生の拠り所となってほしいと願っている。

別紙8011　峰月の略歴(本表では、固有名詞などは通常の表記とした)

西暦(年)	和暦(年)	月/日	内　容
1945	S20	08/09	長崎原爆投下 (胎内被爆は母の入院見舞い時(45 歳時)に母が告白)
1945	S20	11/15	胎内被爆者として誕生 (坂本龍馬と誕生日が同じ)
1951	S26	04/07	調川(つきのかわ)町立調川小学校に入学
1958	S33	04/07	松浦市立調川中学校入学 (3/18 調川小学校卒業)
1959	S34	09/10	模擬試験 25,000 人中 63 位
1959	S34	09/20	短歌を 1 つのライフワークに (号は峰月(ほうがつ))
1961	S36	04/06	佐賀県立伊万里高校入学 (3/15 調川中学校卒業)
1963	S38	06/10	日本育英会奨学生(一般貸与)
1964	S39	04/07	旧島根県立島根農科大学に入学 (3/31 伊万里高校卒業)
1964	S39	08/31	日本育英会奨学生採用通知(一般貸与)
1964	S39	11/07	長崎県育英会奨学生採用通知(一般貸与)
1965	S40	08/19	国連派遣懸賞論文入選(1.2 万字)懸賞金 1 万円
1966	S41	03/10	実弟、京都大学現役合格(修士課程終了後、鐘紡入社、農学博士)
1966	S41	09/15	国家公務員上級職甲種合格(2 年延期)・京都府庁上級職合格
1967	S42	10/19	京大大学院農学研究科修士課程合格
1968	S43	03/02	旧島根農科大学(次年度より国立移管島根大学農学部)を首席卒業
1968	S43	04/10	京大大学院農学研究科修士課程入学(実弟の下宿に 2 年間同居)
1968	S43	05/17	日本育英会奨学生採用通知(一般貸与)
1970	S45	03/23	京大大学院農学研究科修士課程終了
1970	S45	04/01	農林省所管特殊法人農地開発機構公団(以降に名称変更が複数回に)に就職(以後 2 カ月間研修)3 年間は西部支所で、3 つの国営事業からの受託工事の現場主任
1973 1984	S48 S59	04/01 03/31	根室区域農地開発公団(別称 : 新酪農村建設)事業着工から 1983 年度完了[総事業費 935 億円・事業内容は基盤整備、農業用施設、農業用機械、農業用地の集団化の 4 本柱] 着工準備から計画変更まで 9 年 9 カ月本事業に従事~本社に戻り、JICA 研修などの渡航準備
1984	S59	04/02	国際協力事業団(JICA)パラグアイ国個別派遣専門家(農牧省技術官房局)4 年間に有償 1 億ドル・無償 11 億円・その他技術協力多数
1986	S61	12/26	ペルー国へ家族旅行 (12/31 パラグアイへ) 家族は帰国
1987	S62	01/03~ 12/25	農牧林業技術用語集の作成(13,000 語収録、印刷部数は和文 2,000 部、西和 1,000 部で、印刷費用の負担は JICA
1988	S63	04/01	JICA 個別専門家任期を終了し帰国(旧農用地開発公団海外事業部)
1988	S63	04/02	旧海外経済協力基金(旧 OECF) 経済部新設のため 2 年間出向
1989	S63/H01	08/30	JICA 国際協力専門員試験(任期 5 年)に合格も辞退
1990	H02	04/01	旧 OECF 出向を終了し、旧農用地整備公団海外事業部へ(アフリカ・中南米などの個別案件担当)
1991	H03	04/20	旧社団法人農業土木学会海外情報委員会委員(5 年間)
1992	H04	12/09	4 つの奨学金は無利子(一般貸与)で、総額 63 万円を全額返還
2000	H12	04/01	チリ国 INIA の JICA プロジェクト・リーダーとして赴任
2002	H14	05/31	チリ INIA のプロジェクト・リーダー交代(途中家族を呼び寄せ)
2002	H14	06/01	任期を終了し、旧農用地整備公団海外事業部へ(アフリカ・中南米・中近東などの個別案件に 2008/03/31 まで従事)
2005	H17	03/31	旧独立行政法人緑資源機構を退職
2005	H17	04/01	旧独立行政法人緑資源機構の嘱託(2 カ年) 海外事業部付
2008	H20	03/14	海外紀行(歌詠 1,102 首)の整理と印刷 (03/31 製本は外注、以下同じ)
2008	H20	03/31	旧独立行政法人緑資源機構嘱託(2 カ年)を終了
2009	H21	01/04	万歌集(2009 年版)の本編・各編を 12/31 締めで、印刷・製本
2009	H21	04/06	オンブズ活動(S 県・同県議会)開始~2021 年末まで 49 件
2009	H21	04/15	オンブズ活動(S 市・同市議会)開始~2021 年末まで 67 件
2010	H22	01/04	万歌集(2010 年版)の本編・各編を 12/31 締めで、印刷・製本
2011	H23	01/04	万歌集(2011 年版)の本編・各編を 12/31 締めで、印刷・製本

2011	H23	01/10	四字漢字語彙(第1版)を12/31で締め、印刷・製本
2012	H24	01/04	万歌集(2012年版)の本編・各編を12/31締めで、印刷・製本
2012	H24	02/23	万歌集 本編 1万首到達
2013	H25	01/04	万歌集(2013年版)の本編・各編を12/31締めで、印刷・製本
2014	H26	01/04	万歌集(2014年版)の本編・各編を12/31締めで、印刷・製本
2014	H26	08/15	万歌集 本編 2万首到達
2015	H27	01/04	万歌集(2015年版)の本編・各編を12/31締めで、印刷・製本
2016	H28	01/04	万歌集(2016年版)の本編・各編を12/31締めで、印刷・製本
2016	H28	01/10	四字漢字語彙(第6版)約12,500語彙、12/31で締め、印刷・製本
2017	H29	01/04	万歌集(2017年版)の本編・各編を12/31締めで、印刷・製本
2017	H29	02/19	万歌集 本編 3万首到達
2018	H30	01/05	万歌集(2018年版)の本編・各編を12/31締めで、印刷・製本
2018	H30	08/15	著作：我がふるさとは邪馬台国 長崎・松浦 発行・発売
2018	H30	11/15	著作：長崎からの手紙~恒久平和へのメッセージ~ 発行・発売
2019	H31/R01	01/04	万歌集(2019年版)の本編・各編を12/31締めで、印刷・製本
2019	H31/R01	09/26	CD2枚（邪馬台国讃歌、恒久平和讃歌）制作・頒布
2019	H31/R01	11/15	万歌集 本編 4万首到達
2020	R02	01/04	万歌集(2020年版)の本編・各編を12/31締めで、印刷・製本
2021	R03	01/04	万歌集(2021年版)の本編・各編を12/31締めで、印刷・製本
2021	R03	04/30	2著作の常備配本と電子書籍化（2022年3月~2025年2月末)
2022	R04	01/04	万歌集(2022年版)の本編・各編を12/31締めで、印刷・製本
2022	R04	12/31	万歌集 本編 5万(50,000)首到達
2023	R05	01/05	四字漢字語彙(最終版)約12,700を収録し12/31で締め、印刷・製本
2023	R05	12/15	短歌五万首到達と得られた知見12/31で締め、印刷・出版

写真8011　短歌五万首の本編は全14冊（各年末に1冊ずつコピー・製本）
万歌集2009（H21）年版から同2022（R04）年版まで14冊からなる。ただし、2009
年は、各編と合本とした。2018（H30）年以降は、用紙をA4判からB5判へ縮小し、
紙とインクを節約している。

著者プロフィール

坂本 峰月（さかもと ほうがつ）

本名：宣美（のぶよし）
出自：1945年生まれ、長崎県出身。
最終学歴：京都大学大学院農学修士。
趣味など：歌人（歌詠子）、作家（随筆家）、作詞家、オンブズ活動家。

短歌五万首到達と得られた知見

2023年12月15日　初版第1刷発行

著　者　坂本 峰月
発行者　瓜谷 綱延
発行所　株式会社文芸社
　　　　〒160-0022　東京都新宿区新宿1−10−1
　　　　　　　　電話 03-5369-3060（代表）
　　　　　　　　　　03-5369-2299（販売）

印刷所　株式会社フクイン